Tout le monde
fait l'amour

Pascale Clark

Tout le monde fait l'amour

ROMAN

Albin Michel

© Éditions Albin Michel S.A., 2001
22, rue Huyghens, 75014 Paris

www.albin-michel.fr

ISBN 2-226-12156-0

A mes parents
A Katherine Pancol

Ce soir, je vais embrasser un garçon. A minuit. Pas avant. Ou alors à partir de vingt-trois heures trente, mais il faudra qu'à minuit je l'embrasse encore. Parfois, envisager qu'un sentiment puisse excéder la demi-heure me paraît totalement extravagant.

La grosse horloge affiche ses vingt-deux heures d'un air plutôt content. J'ai le temps. Pour les repérages. Pour les Budweiser tétées au goulot. Pour le culot.

Pourquoi les toilettes des filles débordent-elles toujours de rires haut perchés ? Je vois des rouges à lèvres redessiner lourdement des sourires aguicheurs, je suis les coups de griffes au Rimmel, remarque les coups d'œil experts jetés aux silhouettes dans le miroir.

Séduire, moi aussi. Décrocher la bagatelle d'un coup de bâton comme ces anneaux que je mettais tant de soin à attraper, sur les chevaux en bois du manège des Tuileries.

Derrière le bar, le serveur dégouline au rythme des cocktails secoués à hauteur de visage. Il agite son shaker comme si sa vie en dépendait. A ses côtés, un papillon tatoué sur une épaule féminine s'affaire avec grâce. Les barmaids donnent toujours le ton de la séduction.

Les effluves d'alcool remontent vers le plafond en alu. Déjà, des couples flambant neufs épousent le beat techno, j'en vois deux qui se chauffent, ventousés bouche à bouche, aimantés ventre à ventre. Moins cinq. Le trac. Quel garçon vais-je embrasser ? Se décider, maintenant. Lui. Lui, là-bas.

Parce que ses cheveux blonds se fissurent de mèches rebelles. Parce qu'il vit la musique jusqu'à l'autisme. Parce que sa bouche est une évidence.

A minuit, je vais embrasser ce garçon. Une voix métallique entame le décompte : « 9... 8... 7... » Mon épaule fend la foule dans sa direction. « ... 6... 5... 4 » Je plante mes yeux sur ses lèvres. « ... 3... 2 ... 1 »

Bonne année ! Mêlée générale. Tous et toutes s'enlacent. Je le regarde embrasser goulûment une créature faite pour cela. Dommage.

Une main s'abat sur mon épaule. Je me retourne,

subis une remontée de « bonne année ! » et tombe sur un visage frémissant. L'inconnu plonge. Ses lèvres ripent de ma joue à mes lèvres. Sa langue chargée visite ma bouche. Il est minuit, j'embrasse un garçon.

— Il était comment ?

Les yeux de Gertrude scintillent, soudain repeints à l'aquarelle. Je la regarde fixement sans la voir, je ne fais que la transpercer, me sers de son visage flou pour reposer mes yeux. J'ai du mal, ce matin, à faire la mise au point.

— Aucune idée.

Ma main cherche le paquet à l'aveugle. Une cigarette. Il va falloir lui expliquer, tenter. Lui faire comprendre.

Que le garçon importait peu, que la salive était venin, que je ne faisais que recracher mon dégoût pour ces bornes plantées dans le temps, ces explosions de bulles obligatoires, cet exutoire du minuit pile, année après année.

Embrasser un garçon pour oublier qu'un plus malin que les autres vient de brandir sa montre, l'air triomphant, et que les vœux automatiques se sont propagés de pingouin à pingouin. Car l'on s'était fait beau. Moulées noires, les robes des filles. Gominés, les cheveux des garçons. Toutes ces bouches brillantes et ces après-rasage frappés sur peau nickel.

Tous les ans. Le même rituel. Le même soir. Au même moment. Partout. Chez tous. Avec la même foi. Rédhibitoire.

Gertrude passe une main molle dans une permanente fatiguée, en permanence. Drôle de fille. Comme on dit bonne fille. Je ne l'aime pas. Je l'aime bien.

Gertrude est moyenne. Banale, son prénom excentrique est une fausse piste.

Gertrude se calfeutre dans le plus grand nombre, travaille dur à se couler dans la normalité. Le soir du réveillon, Gertrude est aux premières loges.

— Mais vous avez eu des rapports, après ? demande-t-elle, écarquillée de curiosité.

J'éclate d'un rire un peu nerveux.

— Des rapports ?

Gertrude. Suspendue.

— Si on a eu des rapports ?

Je m'offre une nouvelle rafale. Gertrude me regarde sans comprendre, ça se voit.

— Tu parles qu'on en a eu, des rapports ! Terriblement urbains, les rapports ! Il m'a saluée avant de partir, au bras d'une autre.

Je nous revois. Nous étions trois. Trois Pieds Nickelés filles. Nous arpentions côte à côte les sentiers escarpés de l'adolescence. Mes sabots noirs n'aidaient pas à l'équilibre.

Il y avait Gertrude. Mal partie, déjà. Et la troisième, Maud. Celle qui savait y faire. Gertrude en copie carbone de Maud. Des fois que la séduction soit contagieuse.

Un jour, c'est curieux comme cette scène anodine est restée tatouée dans ma mémoire, Maud nous avait sorti un nouvel amoureux.

Ils ont rendez-vous. Nous accompagnions Maud, veut-elle se rassurer, ça m'étonnerait, Maud ne doute pas, elle veut qu'on la voie avec lui. Maud existe surtout dans les reflets.

Nous avançons en ligne. Maud aperçoit son prétendant au loin et vole vers lui. Gertrude et moi, laissées

13

sur place. Et les talons de Maud qui ne touchent plus terre. Au loin, ses lèvres carmin s'offrent. Il l'enlace tandis que nous approchons. Je baisse les yeux sur des Weston cirées comme le crâne d'un chauve. Tout luit en lui, d'ailleurs. L'émotion perle sous un paquet de cheveux figés par une excessive couche de gel.

La bouche de Gertrude marque l'épate. Je me demande où Maud va les chercher. Jean-Noël, qu'il s'appelle. J'ai toujours détesté les prénoms composés. Pas de sa faute.

Les mêmes, attablés dans un café. L'envie palpable des tourtereaux s'embarrasse de notre présence. Dans sa grande mansuétude, Maud tient à nous faire exister, nous, les délaissées. Elle continue à jouer notre jeu de coups d'œil complices et de futilités gracieuses. N'empêche. Son corps la taraude. Jean-Noël se tient à carreau, la main posée, quand même, sur la cuisse de Maud.

C'en est trop pour Gertrude. Elle renifle ce bonheur indécent qui la nargue à portée de table et le reçoit comme une gifle personnelle. Sans sommation, elle éclate en sanglots. Pour une fois, c'est Maud qui l'imite. Je regarde Jean-Noël consoler Maud si triste de la tristesse de Gertrude.

Comment est-ce arrivé ? Comment en suis-je arrivée là, dans ce nulle part emmuré ? Je marche dans la ville et rumine mes souvenirs.

Gamine, j'étais gamine et le mercredi ne passait pas. Les hautes marches descendaient péniblement vers mon calvaire hebdomadaire. La lourde porte à battants s'ouvrait sur une odeur javellisée qui relançait mon dégoût déjà vieux de la veille. J'avançais, pauvre chose, vers le deuxième sous-sol et la vision de ce bassin strié de flotteurs en ligne me répugnait.

Le mercredi, la piscine ne passait pas. Pas le choix. On ne choisit rien à cet âge-là.

Un mercredi encore plus maudit, une tache de sang vint polluer le liquide bleu. Je m'étais écorché le genou, pas en plongeant, je ne plongeais pas, comment offrir la tête la première à cette étendue hostile ? Au moment de laisser tomber mon corps lourdement, j'eus un ultime geste de retenue et mon genou vint cogner le rebord imprévisible.

La maîtresse accourue m'indiqua le chemin des vestiaires.

Je boitais vers ma délivrance, jubilant à l'intérieur tandis que ma petite gueule ingénue affichait la souffrance. Donner mon sang chaque semaine, s'il le fallait, pour échapper au cauchemar !

15

Les autres pataugeaient encore, j'entendais l'écho de leurs cris rebondir sur les murs carrelés, déjà, je troquais ma culotte de bain pour un modèle civil Petit Bateau.

– Clara, viens, ma chérie, je vais soigner ton genou !

Elle m'appelait. Je ne réfléchis pas, n'enfilais pas mes deux jambes de velours marron à grosses côtes. Je fonçais, tendresse en tête, en petite culotte, à petits pas rapides, sur le carrelage humide collé de cheveux et de verrues.

Un pansement au Mercurochrome plus tard, je trottinais, soulagée, de retour vers le vestiaire, le nez collé sur le sol patinoire, heureuse dans mon petit monde.

Je relève la tête. Je relève la tête doucement, je me revois, au ralenti.

Un hublot. Dedans, des visages montés sur la pointe des pieds. Elles se bousculaient, les filles de ma classe, pour assister au spectacle. L'une d'elles articulait de façon exagérée une phrase moqueuse que je n'entendais pas.

J'étais en petite culotte devant tous ces garçons qui jubilaient dans le grand bain.

Longtemps, j'ai fait mentir les statistiques amoureuses. J'avais déjà bien cinq ans de retard sur la normale, la moyenne, la norme, la dictature du plus grand nombre, ne formulais-je pas encore.

C'était ainsi, l'âge du premier baiser était balisé, vite, embrasser avec la langue, puisque la majorité des autres l'avaient fait à cet âge-là.

Et à cet âge-là, la normale est scotchée sur les murs, poster double page oppressant, qui côtoyait, invisible, la photo d'une rock star hirsute braillant dans nos transistors repris en chœur, « *I want you ouh ouh, show me the way...* »

Dans la cour de récré secondaire, nous beuglions le refrain d'un air pénétré en priant intérieurement pour que le vague à l'âme affiché allume la loupiote du mystère.

Un jour, une nouvelle fit sensation et rebondit plus sûrement encore que la balle au prisonnier : Charlotte avait un bébé dans le ventre. Une brioche dans le tiroir. Charlotte l'avait fait, pas qu'une fois, l'édification d'un piédestal s'imposait.

La méningite cérébro-spinale d'une certaine Lydie Lapin, avec traitement préventif et maux de tête somatiques pour la classe et alentours, ainsi que la gale d'une dénommée Michèle Loutavie, qui l'avait refilée à sa copine Brigitte Souffreux en même temps que son jean trop petit, furent totalement reléguées au rayon péripéties.

« *I want you ouh ouh, show me the way...* », Charlotte était déjà en cloque et nous n'en étions qu'au play-back. Cette semaine-là, la diffusion du magazine *Girl* connut un sévère pic de pénétration dans le lycée.

Le docteur K. répondait justement à la question d'une lectrice tombée du ciel :

« Cher docteur K., je suis désespérée. J'ai longtemps hésité avant d'oser vous écrire. J'ai quinze ans et demi et je ne sais pas faire l'amour. Je ne peux en parler à personne, j'ai peur d'être ridicule. Je vous en prie, répondez-moi, vous êtes mon seul espoir.

Karine, Bourg-la-Reine. »

J'eus beau lire et relire la réponse du docteur K., en soupeser chaque mot, y passer de longs moments aux toilettes, le journal avachi sur les genoux, je ne voyais pas.

« Chère Karine, la vie ne délivre ses cadeaux qu'en temps et en heure. Un jour, tu rencontreras un garçon qui t'aimera et que tu aimeras. Naturellement alors, vos sentiments pousseront vos corps l'un vers l'autre. Ainsi se déroule la magie de l'amour.

Docteur K. »

Docteur K., plainte contre X. Non-assistance à ignorante en danger d'imposture collective.

Karine, la lectrice témoin, ne risquait rien, probable nunuche éprouvette née de l'imagination d'une conférence de rédaction. Ils devaient en passer du bon temps, au journal *Girl*.

« Karine, tu sais, la jamais ramonée, si on la faisait écrire depuis Bourg-la-Reine ? Bourre la reine ! Ah, ah, ah, elle est bonne, celle-là ! Quoi ? Non, c'est pas Karine qui est bonne, ah, ah, ah ! »

C'était fou, le nombre de lectrices qui écrivaient de Bourg-la-Reine, Jouy-en-Josas ou Choisy-le-Roi quand l'inspiration venait à manquer.

Moi, je venais de perdre un paquet d'années. Quelle était cette vie qui tardait à délivrer ses cadeaux, quel était ce corps qui n'en rencontrait pas d'autre ? Les questions m'obsédaient tandis que le docteur K. arrosait probablement de sa semence une blondasse à la gueule de plastique lisse et aux lèvres en relief, la magie de l'amour.

Le temps qui coulait me laissait de plus en plus petite devant la montagne. Des yeux doux se flinguaient autour de moi. On se calculait, on se tournoyait autour, je ruminais mon autisme de l'amour. Seule, étrangère.

Je regardais Gertrude croire très fort à la fatalité de sa moitié d'orange et, manifestement, elle n'était pas de la race des sanguines.

Je voyais Maud se cogner à la vie, brûler ses histoires avec une belle incandescence.

Je me nourrissais de rêves en perfusion. Mes histoires tricotées sur mesure me suffisaient absolument. Dans mes contemplations, le ciel s'embrasait, magnifique. Je mettais en scène de grandioses rencontres baignées de sentiments absolus et tragiques. Pas étonnant alors que le réel me trouvât irrésolue.

J'ai voté avant d'embrasser. Ça s'est joué au ballottage. Le bulletin avant le patin, d'un rien.

C'était en Angleterre.

Chaque soir, les bières du pub local se payaient

au prix fort : sur le chemin du retour, il me fallait marcher quelques miles dans l'obscurité et longer un cimetière. C'était le moment de jouer la diversion intérieure.

Je serrais les poings au fond de mes poches, prête à combattre, à anéantir les mauvais esprits qui m'attendaient, c'était sûr, tapis dans l'ombre. J'avançais, crispée, jusqu'au réverbère qui marquait ma délivrance.

Deux garçons, au loin, l'air de rien. Même pas peur. Je m'approche, ils s'accrochent, réclament un droit de passage. Parfois, on déballe sa vie à un figurant tombé là par hasard, souvent, on confie ses bagages à un inconnu dans les gares ou les aéroports sur la confiance d'un seul échange, toujours, les moments clés débarquent en catimini.

La première fois, j'ai embrassé en double. L'un après l'autre. Je n'ai pas tremblé, d'ailleurs, les deux rouquins n'étaient pas menaçants, pas du tout, ils voulaient juste un baiser, je le leur ai donné sans en faire un plat, comme s'il s'agissait d'une tradition locale. C'est bien connu, en Angleterre, quand on croise deux garçons, la nuit, à la sortie d'un cimetière, on les embrasse.

Puis j'ai passé mon chemin et j'ai douté, échaudée par mes rêves. C'est ça, je venais encore de m'inventer une histoire ! J'avais halluciné, j'y croyais. N'importe quoi !

Une pièce à conviction béton fit définitivement pencher la balance : de l'autre côté du barrage, mon chewing-gum, déjà bien mâché par les miles, avait disparu.

Hollywood chlorophylle, je t'embrasse.

La dernière de Gertrude : elle le tient, l'homme de sa vie. Qu'elle dit.

Il ne s'est rien passé, elle soupèse le *pas encore* avec émotion, persuadée de vivre là les meilleurs moments. Tout en elle mesure le respect, loue l'attente.

Ils se connaissent depuis dix ans, se sont croisés, sans plus. Elle l'a vu, de loin, multiplier les femmes, les belles ostentatoires.

– Tu peux pas savoir, Clara !

(Non, si tu savais même à quel point je ne sais rien.)

– Je te raconte pas !

(Si, justement, raconte, il me passionne, ton leurre en cours.)

– Jamais je n'avais éprouvé ça avec un homme auparavant !

22

(Et alors, où est la preuve, il n'est pas noir de monde, ton carnet de bal, que je sache.)

— Il a fait le tour des créatures splendides qui l'ont déchiré, il a franchi les trente ans, il veut des gamins, il veut se poser, quoi !

— M'enfin, Gertrude, vous n'avez pas eu de rapports ?

— Pas encore.

Elle baisse d'un ton :

— Je crois que je lui fais peur !

Jusqu'au sang, mordues, mes joues intérieures.

Ce soir, je sors.

De moi, de chez moi.

Voir comment ils font.

La moquette d'un salon crie grâce sous les piétinements de semelles vengeresses ou élastiques. Une rousse évaporée se donne à la nuit en même temps qu'en spectacle, le pantalon de cuir électrisé de décibels. Un col roulé pas coiffé marque le rythme mollement, au maximum de son énervement, absorbé dans la lecture d'un livre de poche écorné tenu à bout de bras.

La cuisine abrite quelques assoiffés qui intellectualisent la légèreté ambiante.

Début de rixe autour de la chaîne. La mouvance techno traîne dans la boue une nymphette déterminée à imposer Claude François.

Les seuls se jaugent, estiment leurs chances de réchauffer leurs draps.

Une fille aux gros seins asphyxiés sous un bout de tissu sort d'un recoin insoupçonné et vient scotcher ses charmes sur quelque épaule accueillante. Je la suis du regard. Elle glisse une main experte dans la poche arrière d'un jean noir de passage, rebondit sur une autre opportunité, papillonne, sûre de ses effets.

Une entité à deux têtes coule des heures heureuses et coupées du monde. Les siamois de l'amour n'existent que l'un par l'autre. Je me demande si, chez eux, ils sont collés pareil.

J'avais donc embrassé, sans plus. Brutalement, cliniquement, c'était fait, voilà tout. Une petite porte avait cédé sans forcer. De l'autre côté, d'autres forteresses.

La chronologie affective était coulée dans le marbre depuis la nuit des temps : se regarder, minauder, séduire, se frôler, s'embrasser, se caresser, copuler, en gros.

J'avais zappé les quatre premières étapes, avais fait

l'impasse sur les suivantes, il n'était pas bien glorieux, mon double premier baiser, l'heure n'était d'ailleurs pas à la gloire mais au sparadrap. Pendant que les autres frissonnaient dans leurs draps soyeux, je colmatais péniblement mes manques.

L'effet placebo de mes rêves s'essoufflait. Je manquais de carburant. Sèche. En panne. Plombée au sol. Pas là-haut. Dans les étoiles. Il paraît que dans le plaisir, on voit des étoiles. Je l'avais lu dans le magazine *Femme*. C'était *Girl* qui avait pris un coup de vieux.

Cette bonne vieille Karine de Bourg-la-Reine avait suivi à la lettre les recommandations du docteur K., avait baigné dans la magie de l'amour, elle devait désormais gérer de multiples amants et trouver quand même le temps de raconter ses parties de jambes en l'air au magazine *Femme*. Je suivais ses aventures comme on lit sur un pays où l'on n'ira jamais.

Dès les premiers contes de fées, j'aurais dû me méfier. Le prince Charmant promis au saut du berceau tardait à débouler, une place vide sur la croupe de son cheval, les mains en courte échelle, mon alter ego, mon jeu de Lego.

On m'avait raconté des histoires.

Avant, je croyais que faire l'amour était réservé à

quelques élus. Les innés magnifiques. Doués, dès la naissance. La preuve en était que l'on n'apprenait pas à aimer à l'école. Les autres, les laborieux, faisaient semblant, grappillaient quelques miettes abandonnées dans les poubelles par les repus. Tous ces gens jetés sur mon chemin dans les rues de la ville, ces ombres pressées, têtes baissées. Elle, là, engoncée dans sa vie comme dans un caleçon, lui, au visage fuyant parce que pas le choix, eux aussi, alors, embrassaient, caressaient, arrachaient d'autres vêtements bon marché, décoiffaient des cheveux alourdis de pellicules, laissaient planer leurs ongles en deuil ou écaillés de peinture, finissaient par se chevaucher, puisque telle était l'issue.

Vous voulez dire que même les ordinaires accomplissaient cet acte pour moi d'exception ? Même les obèses, même les nains, même les culs-de-jatte, les Quasimodo, les paraplégiques, les fous ? Dans la cour des miracles, aussi, on se pénétrait ?

Tout le monde fait l'amour. En ce moment, maintenant. Ici ou loin là-bas. A midi comme à minuit. Des couples se mordent, se tordent.

A Bangkok, Bahia, Bornéo.

A Bourg-la-Reine.

Les sanglots de Gertrude, en lambeaux. Cette fille pleure comme elle mange, piaille, largue ses rires et prend les choses de la vie : avec exagération. Volatilisé, le canon de sa vie. Evanoui dans d'autres bras, inavouables.

L'épaule gauche de Gertrude tressaille, incontrôlable. La malheureuse n'aurait pas dû se maquiller avant de chialer. Pouvait pas prévoir. Sa bouche se tord. Elle hoquette, ce qui nuit considérablement à la compréhension. Je capte un mot sur quatre avant que le puzzle ne s'assemble : son promis tardait à confirmer, appelé à des voyages nombreux et lointains. Le doute s'est immiscé quand elle a cru l'apercevoir au loin, dans une rue de Paris, tee-shirt blanc collé aux pectoraux sur pantalon de cuir noir. C'est à son rire qu'elle l'a reconnu, cette cascade où elle avait cru puiser de définitifs sentiments. Ainsi, il n'était pas à New York pour affaires. D'autres auraient renoncé, Gertrude a engagé un détective, parfaitement.

Elle mouche bruyamment sa peine et m'agite sous le nez des photos en noir et blanc au gros grain. Je dois admettre qu'il est assez beau, son ex-futur.

Dommage qu'il embrasse un garçon.

Le chiffre impair. Dès le premier coup d'œil lancé aux invités, l'anomalie m'avait glacé le sang. Je les dévisageais en travelling, les deux par deux, et cherchais en vain le seul qui ne me laisserait pas seule.

J'aurais topé là pour un moche, un vieux, une fille. N'importe quelle autre moitié pour ne pas me sentir amputée. Coincée à un bout de table, c'était comme si je dînais seule sur un guéridon à côté, juste tolérée parmi les grands, les amants.

Les conversations se croisaient en couples illégitimes. Machine parlait avec Machin qui n'était pas le sien, mais le copain d'une autre Machine, elle-même occupée par ailleurs.

J'aurais bien brisé la chaîne mais ne trouvais rien de déterminant à dire sur les villas de vacances ouvertes en grand aux amis, l'été. J'attendais que l'entrée passe à table, manger, au moins une contenance.

Quand la tarte salée fut servie, une réalité me sauta au visage. Je venais de deviner le cauchemar de la maîtresse de maison : ça ne tombait pas juste. Obligée de découper dans la tarte deux parts supplémentaires dont l'une, inutile, partirait à la poubelle.

Je maudissais ma moitié manquante, celle pour arriver au nombre pair. Je pensais à toi à qui revenait cette part, toi que je ne connaissais pas.

Je pense à toi, mon amour présumé. A toi, ou à l'amour que j'aimerais tant que tu incarnes, comme un ongle incarné dont on ne se défait que dans la douleur ?

Je pense à toi et tombe sur du vide. Souvent, je te rêve, je te vois, tu es écrit pour moi, moi pour toi, un aimant nous attire évidemment, ne rien pouvoir contre sa force qui nous colle.

Dans mon rêve, nous sommes immensément amants. Nous nous fondons, nous confondons, nous ne sommes plus qu'un.

Plus qu'un chiffre impair.

J'ai mis du temps devant moi pour repenser à toi, mon premier amoureux.

Tu embrassais bien, ensemble, nous nous embrassions bien. Avec volupté. L'alcool déliait nos langues.

Je te revois quand tu m'avais souri sous un pâle soleil au jardin du Luxembourg. Je m'étais retournée pour apercevoir celle à qui tu souriais.

Tu m'avais fait du pied devant une pizza arrosée de rosé, j'avais souri intérieurement à la pauvreté du procédé. Tu étais sans doute maladroit, tu ne savais que faire de tes longues baskets de gamin grandi d'un coup.

Cet ami commun, qui nous voulait du bien et entendait qu'on n'y dérogeât pas, avait forcé mon bras autour de ta taille. Qu'elle était crispée, ma main qui n'osait qu'effleurer l'une de tes poignées que je ne soupçonnais pas d'amour !

Tous les deux à l'arrière d'une 4L chaotique. Un ultime soubresaut me dépose devant chez moi. Demain, je pars pour le Grand Nord. Je fonds sur ta bouche puis fais claquer la portière. Je ne me retourne pas.

Ce n'est pas moi.

La nuit d'après comme une vue de l'esprit. Là-haut, sur le dessus de la mappemonde, dans ce pays de l'extrême, le soleil d'été est sous ecstasy. Jamais il ne se couche. Une petite sieste, parfois, à la sauvette. Pas de nuit, pas de rêve.

Je me revois penser à toi les yeux ouverts. Depuis ce Nord immense, je ne te perds pas de vue. Jonathan. Je le prononce, ton prénom, sur tous les tons. Le chantonne. Le malaxe. Le lance en l'air pour voir où il retombe. Je le souris.

Je revis notre soirée dans son intégralité, me la repasse en temps réel, en boucle, traîne sur le sentier escarpé d'un détail.

Nous ne nous sommes embrassés qu'une fois. C'est tout. Mais, c'est TOUT. C'est énorme, mon premier baiser volontaire. Les deux Anglais comptaient pour du beurre.

A cet instant exactement, alors que le couchant fait mine de, que le ciel s'est drapé d'un bleu incomparable, il me paraît que ce baiser peut combler le restant de ma vie.

Je me souviens que Jonathan à mon bras, Gertrude m'a regardée d'un œil différent. J'étais passée dans l'autre camp. Elle m'en voulait en même temps qu'elle m'enviait. Maud me délivrait ses conseils, gratos.

— Parfois, tu boudes sans raison. Tu ne te montres jamais à lui démaquillée, tu m'entends, jamais ! Et tu affiches le mystère !

Facile à dire.

Je crois même qu'un jour, elle m'avait fait travailler l'expression qui sied à la distance. Je n'y arrivais pas. De gracieux, son modèle de port de tête virait sur moi au grotesque. Je m'énervais, elle me fascinait. Comment savait-elle tout ça, celle qui savait ?

Maud avait-elle hérité du gène de l'amour comme d'autres des maladies de peau ?

Quel était ce don singulier et dont elle ne dédaignait pas les travaux pratiques, qui, aussi loin que je me souvienne, la guidait vers la bonne attitude, le silence terriblement suggestif, la prunelle tellement consentante ?

Faire savoir, tel était son savoir-faire. Elle jouait à l'amour et entendait garder la main. Les empreintes digitales se superposaient sur son corps que j'imaginais élastique.

Comment aurais-je pu deviner que celle qui savait savait surtout simuler ?

Jonathan, ta patience d'ange. Jamais un geste déplacé sur mon corps forteresse. Je me débrouillais tellement bien pour créer la distance qu'à mon contact, tu t'enlisais dans des sables immobiles.

Je te taisais ce que je me cachais à moi-même : la trouille cannibalisait mes envies.

Nous avons tenu un bon moment ainsi, éloignés côte à côte. Entre gamins bredouillant leur amour et couple déjà rouillé par les outrages du temps.

Notre âge aurait voulu que nous nous empoignions, que nous bâtissions notre histoire avec la sueur pour ciment, que nous jetions des pierres dans le jardin du plaisir.

Même l'ami commun qui s'ingéniait à nous vouloir du bien était impuissant à m'exprimer ton désir. Je ne l'entendais pas, autiste de l'amour physique. Je te remercie d'avoir mis tant de temps à te lasser.

Un jour, bien des jours ordinaires plus tard, j'ai entendu ton nom. J'avais la tête à l'envers, un souffle tiède séchait ceux de mes cheveux qui n'avaient pas fini sur le carreau.

Je ne pensais pas, anesthésiée par les bruits ambiants. Sur le fauteuil d'à côté, le coiffeur d'à côté encourageait distraitement le récit de la cliente d'à côté. Il était question d'une femme que son mari n'avait pas touchée depuis trois semaines, j'en avais souri jaune intérieurement. La bavarde délaissée spéculait déjà publiquement sur l'amant qu'elle n'allait pas tarder à prendre.

— L'heure, martela-t-elle, n'est pas aux toiles d'araignées.

Je n'ai pas entendu la porte s'ouvrir, juste la voix stridente de la patronne entreprenant un nouveau client.

— C'est à quel nom, monsieur ?

— JONATHAN BLÊME. JONATHAN BLÊME. JONATHAN BLÊME.

J'ai relevé la tête, mécanique. J'ai pensé dans un éclair que c'était bien ma veine de te revoir les cheveux aplatis comme une crêpe.

Nos regards se sont accrochés dans le miroir.

Peut-être ai-je mis un sucre de trop dans mon café.

Tu m'as parlé, longtemps. De toi, c'était tout. De ton enfant de deux ans.

Tes kilos accumulés m'ont fait mal, il me semblait que c'était notre histoire inachevée qui s'était alourdie. Tu as griffonné ton numéro de téléphone sur l'un des nombreux papiers qui continuaient d'encombrer tes poches.

Parfois, je passe devant la poubelle où j'ai jeté à jamais ce jour-là toute trace de toi.

Gertrude a décidé d'en avoir le cœur net. Brisé mais net. Après tout, le privé lui avait coûté suffisamment cher, une confirmation de l'impensable n'était pas du luxe.

Les photos au gros grain shootées par le détective présentaient peut-être un angle trompeur, on n'était pas à l'abri d'une prise de vue défigurant la réalité, les images peuvent mentir, Gertrude n'allait pas laisser filer sa destinée sur un malentendu. Quand elle tombait sur un panneau « peinture fraîche », il fallait qu'elle touche pour vérifier.

Elle m'a demandé de l'accompagner chez « Ménard, filatures en tout genre » pour obtenir des heures supplémentaires à l'œil.

— Entrez !

Chez « Ménard, filatures en tout genre », on entrait comme dans un moulin. Un type libidineux observait la rue entre deux lattes écartées d'un store décati, il avait visiblement potassé le manuel du parfait détective.

— Bonjour, mademoiselle Gertrude !

Je n'eus pas l'honneur d'être saluée.

— Qu'est-ce qui vous amène ?

Je sentais que mademoiselle Gertrude était en train de se dégonfler.

– Eh bien, euh... Comment dire ? J'aimerais que vous meniez une nouvelle filature, parce que je ne suis pas tout à fait sûre, comment dire ?...

Ménard eut le postillon colérique.

– Et voilà ! C'est pas possible, ça ! Vous êtes vraiment tous pareils ! Je vous apporte une preuve sur un plateau et vous doutez encore !

Un vieux téléphone noir couina.

– Ménard, filatures en tout genre, j'écoute !

Il pivota sur son fauteuil pour dissimuler ses propos. Gertrude profita de l'intermède pour exprimer son désarroi.

– Il a l'air coriace !

– Laisse-moi faire.

– ... tout est prêt, ma p'tite dame. Constat d'adultère demain matin à la fraîche. Surtout, ce soir, faites comme si de rien n'était. Mes hommages, madame.

Ménard raccrocha avec un sourire visqueux. Il revint à nous, l'air mécontent.

– Vous comprenez, si je passais mon temps à doubler les preuves, je pourrais fermer boutique, moi !

Le minable venait de me mettre sur une piste.

– Votre boutique, comme vous dites, elle date de quand ?

Il parut enfin me découvrir.

— Qu'est-ce que ça peut vous faire ?

— Rien, en effet. Je me demandais simplement si vous étiez bien homologué. Vous n'allez pas me croire, mais j'en parlais justement hier soir avec mon cousin qui travaille au ministère de l'Intérieur. Il me racontait combien la profession de détective privé flirtait souvent avec l'illégalité, et...

Ménard eut un coup de chaud. Sans me regarder, il lança à Gertrude :

— Bon, je me remets en chasse, mais c'est la dernière fois ! Rappelez-moi la semaine prochaine.

Dans la rue, Gertrude déversa bruyamment son étonnement :

— Je ne savais pas que tu avais un cousin à l'intérieur d'un ministère.

— Moi non plus.

Elle s'arrêta net et pouffa sans retenue.

Quand Gertrude rit comme ça, je lui pardonne pas mal de choses. Mais sa spécialité est de passer du rire aux larmes. Quand j'ai décroché quelques heures plus tard, ses sanglots m'ont noyé l'oreille. Apparemment, les nouvelles n'étaient pas bonnes. Le document vidéo ramené par le privé honorait sa conscience professionnelle. Il devait avoir une bonne tartine de magouilles sur la conscience.

Gertrude m'invitait à voir l'ampleur des dégâts. Son bristol était lacrymal.

— On peut dire que tu as du nez, il a le sexe en lui, ton fiancé !

Un éclat de rire. Déjà ça de gagné. Qui se brise en plein vol et atterrit en sanglot. Un de perdu, personne derrière.

Je contemple la catastrophe. Une image sombre dans un lieu interlope. La scène sordide crève l'écran timbre-poste de la télé de Gertrude.

Le mec de ses pensées, comme hypnotisé. Sa danse de l'amour autour d'une petite frappe percée pas bien vieille. Il marque son territoire, s'agenouille, mime ce qui ne saurait tarder, se redresse, simule un désintérêt, se retourne, revient, ventouse sa bouche sur l'autre, les deux garçons s'aspirent désormais à langue suractive. Et cette main qui a trouvé son chemin.

La solitude ne me pèse pas. Je la porte en paréo. Je ne concerte ni ne marchande mes envies. C'est ma solitude vue des autres qui m'est insupportable. Seule aux yeux du monde.

Qu'ils me lâchent. Ils se trompent, de leur regard interrogateur ou compatissant. Tous ces mal accompagnés qui se permettent de me juger. Je les vois pinailler sur l'autre en public, régler leurs comptes intimes en société, s'humilier devant une audience trop contente. Je les devine, lui honorant sa moitié peau de chagrin comme il se soulage au petit coin, elle, finissant flétrie d'aigreur. Ou l'inverse. Je les imagine, lui faisant le beau au bureau, elle, la belle dans ses songes. Ou l'inverse.

Ils sont encore liés par de dérisoires traits d'union, leurs deux prénoms accolés n'en est devenu qu'un seul.

Ils seraient mieux seuls.

Maud enchaîne, enfile les perles, arbore ses conquêtes en pendentif. Une histoire chasse l'autre qui chasse la précédente. Elle les veut, elle les a. Elle dit que seule, elle se sent moignon. Elle y consacre chaque parcelle de sa vie.

Rencontrer, s'emballer, calculer, emballer, conclure, consommer, casser, recoller, se lasser, avec un autre recommencer. Jamais ses sens ne cessent. Elle ne pense qu'à ça.

Aimer, elle aime.

J'avale les blocs. J'engloutis les avenues à la verticale, absorbe l'horizontale des rues. Walk. Don't walk. Walkman. Greffé dans les oreilles.

Partie voir ailleurs, je trace pour quadriller mon impuissance. J'avale les blocs en ruminant mon surplace. Là-haut, dans ce ciel encombré de béton, la fenêtre d'un building laisse entrevoir des corps qui s'agitent, qui suent, sans doute. Les urbains se musclent à l'étage, les yeux posés sur la ville. D'en bas, j'aperçois des silhouettes moulées qui courent pour de faux sur un parterre synthétique en mouvement. Les ombres s'escriment et n'avancent pas.

Mon ombre marche, immobile est ma vie. Moulée dans ce gluant qui me scotche au sol. Juste bonne à m'enflammer pour de faux. Et je le prouve :

Downtown me trouve repensant à toi.

Le sens-tu quand je pense à toi depuis cet autre continent ? Tu es avec moi, tout le temps. Je t'ai fait voyager dans mes rêves, clandestin aux yeux de tous y compris des tiens. Il a suffi de ton regard dans le mien pour que j'y croie. De ton étincelle involontaire, j'ai fait un feu. Je manie le silex comme personne. Tu m'avais juste regardée, j'y ai vu trop de choses.

Je marche seule, tu es blotti en moi comme cette

liasse de billets verts kidnappée des regards extérieurs dans la poche avant de mon jean, bien au chaud.

Je te soumets mes sensations, me demande ce que tu en penses. Je voudrais savoir si ton cœur se soulève, comme le mien, sur ce pont de Brooklyn. A l'étage inférieur, les voitures déboulent dans un déluge de ferraille. N'aie pas peur, nous ne risquons rien. Toi et moi arpentons la voie réservée aux piétons et aux cyclistes fluos. Je t'offre le flanc de Manhattan sous le couchant, je te lis cette poésie de la démesure.

J'espère que ça te plaît.

Pourquoi n'en suis-je arrivée que là, si peu avancée sur le chemin ? Souvent, je me penche sur le vide de ma balance. Et je revois, je revis tout ce que je n'ai pas su vivre.

Nous sommes par terre, allongés à même le sol carrelé d'un sanitaire commun. Le verrou est à peine poussé. Dans les locaux labyrinthe de cette université, de jeunes gens oisifs se promènent, importants.

Je ne t'avais pas remarqué parmi tous ces étudiants qui ne font que se croiser en perdant leur temps. Mes soupirs se cristallisaient sur la gueule d'amour d'un jeune Russe échoué là, je lui écrivais des poèmes au fond de l'amphi.

41

Je t'aime et j'en crève
Jusqu'au plus profond de mon rêve
Tu me hantes, insaisissable
Obsédante est ta chevelure de sable
Toi au charme si slave
Toi et ton sourire trop grave
Toi l'ami du silence
Epargne-moi ton indifférence...

Tu as lu par-dessus mon épaule, tu as dit qu'il avait bien de la chance, tu m'as fait remarquer qu'on ne devrait jamais crever d'amour sans le dire. Le cours terminé, je t'ai suivi.

Nous nous embrassons frénétiquement. Ta main impatiente ne fait qu'effleurer mon entrejambe et une chaleur m'inonde. C'est donc ça... Magnifique et dérisoire.

Tu agrippes violemment ta ceinture pour en faire sauter la boucle.

– Non !

J'ai hurlé, empêtrée dans ma panique. Bredouillé que ça n'était pas le moment.

Je ne l'ai jamais revu, l'homme de mes premières étoiles. Il était barbu.

C'est du sérieux pour Maud. Celle qui sait se fiance. Ils se fréquentent depuis plusieurs mois sans accident de parcours apparent (« *big love* », diagnostique Gertrude), ils se sont déjà raconté leur passé l'un sans l'autre, courent les appartements pour dénicher leur nid d'amour. Ils planifient leur histoire avec méticulosité, balisent le voyage organisé de leur vie.

Roule ma poule, tu es sur la bonne voie, les fiançailles, le mariage, les enfants, les tromperies, le divorce.

Il est sculpteur. Maud a toujours été sensible aux mains, si je devais la résumer d'un mot, mon amie, je miserais sur le mot main. Celle qui touche, caresse, gifle, cette main qu'elle ne sait pas tendre vers une autre en plein pétrin.

Pour l'heure, les mains de Maud se tordent. Curieusement, l'annonce de son engagement la rend timide. Elle fait les cent pas, emprunte mille chemins détournés avant de nous livrer la nouvelle.

— Ferme la bouche, Gertrude, on voit tes amygdales !

— Je suis tellement contente pour toi, ma Maud ! s'ébroue Gertrude.

Comme souvent avec elle, le bonheur s'efface très vite devant la curiosité.

— Tu l'as rencontré comment ?

— Coup de foudre. Vous allez rire, la première fois que je l'ai vu, c'était à la télé. J'attendais que mon rouge à ongles sèche, je lève les yeux sur l'écran et tombe sur des mains en gros plan, des mains superbes, divines, travaillant un corps de femme. Le plan s'élargit sur un homme charmant. J'attrape un feutre, fous en l'air mon rouge à ongles, note l'adresse de l'expo, l'inauguration était le lendemain soir. J'ai levé la main et je me suis juré que je l'aurais.

Gertrude, haletante :

— Et alors ?

— Le lendemain, ses mains se posaient sur mon corps.

Défenses immunitaires. Des rangées de globules, l'arme au poing. A la maternelle, tous les gamins

tombaient, terrassés par des varicelles, des coquelu-
ches, des rougeoles ou des appendicites. Ils tombaient sous les feux répétés de la contagion. Je restais
debout. Je résistais, toujours.

Maladie d'enfant, maladie de la faiblesse. Signe
extérieur d'abandon, savoir être battu pour savoir
qu'on s'en remet.

Défenses immunitaires. Défenses tout court.

Une forteresse pour que les virus se cassent les
dents. Il n'y avait aucune raison que la maladie
d'amour n'en fasse pas autant. J'avais laissé filer mon
Jonathan, j'avais volé une vague de plaisir dans les
chiottes d'une fac crasseuse, et c'était tout.

Peut-être qu'au fond, j'étais immunisée à vie
contre l'amour.

A l'époque, on disait « boum ». Une promesse de
déflagration. La bombe de la séduction allait éclater.
Les filles se voulaient bombes pour les boums. Avec
des seins comme des obus. Aucun doute, elles par-
taient à la bataille.

Les stratégies étaient élaborées soigneusement,
elles avaient ça dans le sang, en petits caporaux de
la séduction. Elles habillaient leurs atours de papier

45

d'emballage clinquant. Fallait que ça brille, que ça sente bon.

Avec mon extérieur rugueux, je rendais un sérieux handicap. Je délaissais les artifices et soufflais sur ma flamme intérieure.

Pendant les boums, je passais les disques. Distillais les tempos adéquats à leurs trémolos. J'observais la ligne de front, aux premières loges de leurs manigances. J'étais bien au chaud. A l'abri des bombes. Pendant les boums.

Quelques années plus tard, les faire-part avaient commencé à pleuvoir, annonces de bonheurs arithmétiques. Il avait d'abord fallu subir les mariages à la queue leu leu les samedis d'été. Toutes ces affaires intimes surexposées sur le devant de la scène. Etait-ce donc si important de brandir son amour comme un trophée ?

On choisissait des témoins, comme si on prévoyait un accident. On payait bonbon pour publier la nouvelle dans les journaux. Qu'avaient-ils donc à prouver ?

On allait se jurer l'éternité, ensemble pour toujours, qu'importaient les déviations de parcours, les lâchetés, les désamours. On signait pour la perpétuité, c'était ça ou rien. Une fois sur trois au final, c'était rien, mais on faisait semblant d'y croire. Le contrat imposait la durée maximale et nul ne semblait s'en offusquer.

Pourquoi ne laissait-on pas l'histoire vivre son histoire, l'amour écrire sa partition, sans pression, en admettant qu'il durerait ce qu'il durerait, en se disant que c'était déjà ça ?

Mais non. Les unis signaient, en prenaient pour la vie. Et la vision de la mariée, un de ces samedis d'été, ne donnait pas envie d'en passer par là. Sanglée et pomponnée de la tête aux pieds, figée dans la béate attitude du bonheur, elle sautait de corvée en corvée. Sourire. A un tas de gens. Remercier. Retoucher son maquillage. Danser. Sourire pour la photo. Pour l'éternité. Remercier. J'ai filé mon collant. Moi aussi, je t'aime. Les discours. Debout depuis l'aube. Mal dormi. Bientôt la nuit de noces.

Un an plus tard (on n'avait pas chômé), éclatait la nouvelle de l'heureux événement.

Ça doit être une chose surnaturelle, d'être enceinte pour que les grosses ne parlent que de ça, prêteuses, dans leur bonheur.

Des nausées aux kilos accumulés, de la tache présumée sur l'échographie aux prénoms envisagés, on frisait le délit d'initiés. Et leurs mains sans cesse plaquées sur leur ventre.

Puis déboulait dans les boîtes aux lettres l'enveloppe aux couleurs flamboyantes. Ils l'ont appelé Désiré.

— Ça s'est bien passé ?

On n'échappait pas davantage au récit de la césarienne. On allait rendre visite à la maman épuisée, même plus la force de tirer sur sa chemise de nuit. Gros plan sur la catastrophe.

Le cadeau, il avait fallu trouver un cadeau idiot. J'avais acheté dix fois le même.

D'autres bébés allaient venir.

Le sommeil ne vient pas. Des cris déchirent la nuit. De l'autre côté du mur en carton-pâte, une fille rugit son plaisir. C'est l'heure. Samedi soir, autour de minuit.

Ils sont rentrés, leurs talons marquaient l'insouciance. Ils ont sans doute observé une bienséance, se sont occupés, un resto, un ciné, ne pas se sauter dessus sans sommations. L'alcool a allumé le désir au fond de leurs prunelles et au fond de leur fond.

L'heure décente arrivée, ils sont rentrés. J'imagine

ce que je n'entends pas. Ils s'enlacent, ils s'embrassent. Font valser leurs vêtements.

J'entends nettement, maintenant. Le grincement syncopé du lit. Les coups réguliers puis entêtés. Les petits cris perchés sur l'infini. Elle hurle. C'est un mouton que l'on égorge. Je voudrais qu'elle se taise.

Qu'elle se taise.

Maud s'est donné une mission : me trouver un fiancé. Je déteste cette idée.

Elle me dit qu'il faut se donner les moyens quand on veut quelque chose. Elle me cite l'exemple des Américains (son sculpteur vient de Los Angeles) :

— Là-bas, entre eux, ils se fixent des *dates*. Une date pour un rendez-vous que les deux savent galant.

— Et alors, elle est où, la trouvaille ?

— L'idée est déjà dans l'air. Y'a plus qu'à. Offrir son meilleur profil ce jour-là. Ensuite, c'est écrit.

— Je préfère laisser la plume au hasard.

— Pour l'instant, il est plutôt en panne d'inspiration, en ce qui te concerne !

J'encaisse.

— Peut-être. Mais l'histoire qu'il pondra n'en sera que plus belle.

— Bon, écoute, en attendant le premier chapitre,

viens donc dîner samedi soir, il sera là. Comme vous ne vous connaissez pas, c'est une *blind date*.

J'y vais pas. Je n'y vais pas ! Pas question que j'y aille. Je suis malade. Un mal de tête comme un étau. Une gastro, plutôt. Quarante de fièvre, au bas mot. SOS médecins est sur le chemin.

Je la rappelle pour la tenir au courant. (Oui, je sais, c'est dommage !) Je n'y vais pas. On m'a volé ma voiture. Impossible d'y aller.

J'avais oublié un autre engagement très important. (Où avais-je la tête ?) Je n'y vais pas.

Les histoires arrangées ne marchent jamais. Surtout pas avec moi. Hors de question que j'y aille. (Plutôt mourir.)

J'aspire l'air de tout l'étage et sonne à la porte.

Il est masseur. Il a massé Maud. Maud a aimé. Maud aime les jeux de mains. Mais Maud a voulu garder la main. Le masseur n'a pas aimé. Maud et lui sont restés bons amis.

Maintenant, Maud passe la main. Mais je n'aime pas les secondes mains. Je ne parierais pas mes mitaines sur l'issue de l'affaire. Je l'observe en biais. Le masseur a la main sur le cœur. Toujours galant, toujours prévenant. Ça m'énerve.

La gentillesse généralisée, je trouve ça louche. Doivent avoir à se reprocher. Ils ne savent donc pas que l'aigreur refoulée prospère à l'intérieur, grandit, fait son beurre ? Et un beau jour, la mauvaise bile transforme les sourires en grimaces, question de poids sur les maxillaires.

Mais ce n'est pas tout. Le masseur, la main sur le cœur, est chaussé de gros sabots. Ses grilles de séduction, je les renifle illico. Je pourrais anticiper ses répliques. Je le fais, d'ailleurs. Il ne sait plus où se mettre. Puis passe à la grosse ficelle suivante.

Qu'est-ce que je fous là ? Laissez-moi tranquille.

Ça s'est arrangé quand il a mis la main à la pâte. Une première main, je comprends que Maud ait aimé. Il m'avait raccompagnée et proposé un massage, la bouche en cœur. Malgré mes mains moites, j'ai dit oui.

Mon dos lui fait face, allongée sur le lit. Au premier contact de ses mains sur moi, je savoure. Ses doigts s'envolent, effleurent, se font plus pesants, insistants maintenant. Il relâche la pression. Marque un temps dans le vide. Un frisson occupe l'espace et remonte ma

51

colonne vertébrale. De ses paumes, le masseur anti-
cipe le mouvement. Sa main sur mon cou, à présent.
Je me retourne et plaque ma bouche sur la sienne.

Samedi soir. A mon tour.

J'ai laissé le répondeur en marche. Suis là pour
personne. Surtout pas pour Maud. Déjà, sa voix
impatiente a retenti dans l'appartement.

– Alors, ce massage ?

Un message avec petit silence suspendu pour les
sous-entendus. Je pèse une tonne. Encore un dimanche qui ne me verra pas dehors.

Le dimanche, c'est un concentré de réveillon.
Rien ne marche. Les rues de la ville sont vides et
inutiles. Les queues obligatoires s'allongent devant
les cinémas. Les lumières des boulangeries se font
de l'œil. La famille s'est entassée dans la voiture. Les
landaus prennent l'air dans les parcs et jardins. Je
n'ai rien à faire dans leur féerie. Une journée pour
rien.

Penser à l'horizontale. Redécouvrir une photo
empesée de poussière. Ne jamais oublier de regarder
les photos. Sinon, elles meurent et les instants avec.
Chanter plus fort que le disque « Voilà, c'est fini... »,
y croire à fond.

Allumer la télé. Tout de suite l'éteindre. Simple vérification : toujours rien.

Prendre le temps d'aller traquer un mot dans le dico. En tirer de définitives conclusions : j'ai un nouveau mot préféré.

Jeter un coup d'œil à l'heure pour la figer. Oser l'idée d'une glace en plein hiver.

Penser à tout ce que je n'ai pas envie de faire.

Penser à décommander ce prévu qui m'ennuie déjà.

La nausée comme une enveloppe. Cette scène qui repasse en boucle, qui enfonce le clou. Façon de parler. L'histoire d'une impasse.

Le masseur est resté à mon extérieur. Je ne l'ai pas accueilli en mon sein. Rien à faire. Autant percer un coffre-fort blindé de l'intérieur.

Peut-être que mon corps a flairé la supercherie, il ne doit pas aimer les *blind dates*, mon corps. Peut-être que j'ai une malformation unique au monde et inguérissable. Ou peut-être qu'on a voulu me violer quand j'étais petite, que je ne m'en souviens pas et que, justement, le traumatisme est là. Qu'il va falloir une séquence de *rebirth*. Qu'est-ce que je peux dire comme conneries !

Je suis si malheureuse.

Les autres sont déjà en train de divorcer que je

laisse encore les occasions piétiner sur le pas de ma porte. T'as raison, prends ton temps, vieille, tu seras peut-être amoureuse.

Et voilà qu'un sale souvenir en profite pour resurgir.

C'était il y a quelques années. Nous roulions à fond la caisse et la caisse n'était pas reluisante. Pour freiner, mieux valait envoyer un fax. Le ciel vendéen n'allait pas tarder à s'embraser. La Deuche fendait l'air, vaille que vaille. C'est impressionnant, une 2CV en surrégime ! Encore un peu et la carrosserie allait nous planter là, s'ouvrir en corolle et retomber en vrac sur le bitume. Il dépendait de notre vie que nous arrivions à temps sur la plage pour saluer le coucher du soleil.

Ta folie m'avait fait fondre dès que je t'avais vu. Si tu avais su ce qui t'attendait, tu ne serais sans doute pas venu. Un long moment, je t'ai tu ce secret qui enserrait mon cœur, ce verrou posé sur mon corps. Nous en étions à balbutier l'histoire, comme tous les amoureux au monde. Notre première nuit, une canicule m'avait sauvée de la probable impasse finale : tu étais gluant, tu t'excusais de ne pas m'honorer, demain nous appartenait.

Le lendemain, nous partions en vacances ensemble. A peine sur place, il te fallait la plage, il te fallait un ciel incandescent, quitte à finir en cendres, sous un camion. Tu as couru sur le sable, égrenant tes vêtements un par un. A poil, tu t'es retourné sur fond rouge incendiaire et tu m'as crié :

— Il n'y a que toi qui puisses me voir, les autres n'existent pas.

Tu es revenu ruisselant, tu frissonnais à présent. J'ai essuyé ta tignasse de chien fou. Assis face à l'horizon désormais apaisé, nous regardions au loin notre pari réussi.

— Je suis heureux de t'aimer.

Qu'est-ce qu'on peut bien répondre à ça ? Mon cœur s'est tordu, j'ai fixé l'instant à tout jamais, l'ai rangé bien au chaud dans un coin à l'écart. Plus tard. Plus tard, je le malaxerai, le ressortirai par temps de gros temps.

Je n'ai rien su répondre.

Nous campions et le toit de toile valait bien les plafonds des palaces.

Guillaume, tu étais le premier avec qui je dormais. Au début les nuits furent syncopées. Comment espérer dormir sans s'abandonner ? Mes défenses faisaient des heures supplémentaires. Je passais mes nuits à te regarder, à me demander où tu étais passé.

Ta main guide la mienne inexperte. Cent fois sous la tente, dans la soupente d'une maison de campagne ou dans ta voiture, cent fois tu as remis ton cœur à l'ouvrage.

Je crois bien que j'ai toujours quelque part ta carte où il était écrit : « Je ne serai jamais en toi, dans toi. Guillaume. »

La nuit, je rêve de mon corps impénétrable.

Violent. « C'est très violent ! » ai-je pensé en la regardant parler.

Les lèvres de Gertrude s'agitaient, couleur carmin extrême. Je fus au moins rassurée sur sa météo personnelle, c'était du beau fixe. Il suffisait d'observer les lèvres de Gertrude pour savoir comment elle allait. Une bouche nue attestait d'un état quasi suicidaire. A l'autre bout de la palette, elle ne jubilait que parée de lèvres écarlates. Alors, la bouche fluorescente, elle racontait. Quelques maigres histoires, mais par le détail. Forcément, elle n'en avait pas tellement, fallait qu'elle mouline.

Quand Gertrude parlait d'elle, elle aurait pu être allongée sur une table, les jambes en l'air, les deux pieds à l'étrier, c'était pareil. Aujourd'hui, Gertrude arbore des lèvres triomphantes. Je l'écoute avec des lunettes de soleil.

— Il a rappelé !

Le monde entier ne dispose pas de suffisamment de points d'exclamation pour traduire son enthousiasme.

— Qui donc ?

— Ben Thibaut, l'homme de ma vie, pardi !

(J'ai bien entendu, elle a dit pardi.)

— Pardi, pour un retournement de situation...

— Tu vois, Clara, certains êtres sont faits l'un pour l'autre, on peut pas lutter !

— Qu'est-ce qu'il te voulait ?

(Te faire un enfant dans le dos ?)

— Me voir !

— Pour quoi faire ?

— Pour quoi faire !

Elle lève les yeux au ciel dans une expression d'une rare élégance.

— Je te laisse, Clara, il faut que j'aille courir les magasins pour trouver la robe qui me rendra irrésistible.

— Prends plutôt un marcel.

Je les regarde, arpentant la rue triomphants comme on règne sur le monde. Les amoureux volent, enlacés. Il coiffe sa nuque d'une main protectrice.

Elle enrobe sa hanche de tendresse. Parfois, ils profitent d'un feu vert pour réaffirmer ce que leur attitude crie à tous les vents : ils s'aiment.

Assise en vitrine d'un bar-tabac, je suis leur bonheur à la trace. Leurs rires en play-back résonnent dans ma tête. C'est la journée, je suis cernée.

A la table d'à côté, d'autres tourtereaux se picorent du regard. Le fumet de leur tasse de café dégage leur nuit d'effusions. Ils n'ont pas besoin de parler, d'ailleurs, ils se taisent. Ils laissent juste leur état d'amour s'épancher. Le manque de sommeil a creusé leurs cernes. Ils sont beaux.

Qu'ont-ils de plus, les élus ? Je veux en être.

Le regard appuyé sur le dehors, je m'évapore alors dans une histoire magnifique. Je le rencontre au ralenti et ose enfin lui sourire en face Ses yeux tirent à bout portant et les étincelles de son regard ne s'écrasent pas sur mon gilet pare-balles. Nos mains se trouvent malgré nous. Notre épiderme se confond.

Et surtout, la voie est libre.

— Si c'est un garçon, on l'appelle Barnabé !

— Ça ne te suffit pas de t'appeler Gertrude depuis vingt-neuf ans ?

Elle est à nu, sans fond de teint, sans poudre ni

Rimmel, pas l'ombre d'une paillette sur ses lèvres sèches et pourtant pas de dépression apparente en vue. Sa maternité virtuelle envoie valdinguer sa palette de couleurs. Elle s'offre telle quelle dans un minimalisme pas très ragoûtant comme pour mieux faire ressortir l'incroyable nouvelle.

— Vous allez vivre ensemble ?

— Evidemment ! Je ne comprends même pas que tu poses la question. Tout pour l'équilibre de l'enfant !

— Bien sûr, où avais-je la tête ! C'est tellement bien parti entre vous, sur des bases tellement claires et solides, que vous allez concrétiser votre amour en faisant un petit ! Et tu en feras quoi, de l'équilibre de Barnabé, quand tu lui présenteras son deuxième papa ?

— Attends, là, je t'arrête tout de suite. (Elle tend une main théâtrale.) Thibaut, c'est vrai, a vécu une passade avec un gigolo, mais c'était un faux pas. Il s'est égaré, il regrette. T'en fais jamais, toi, des erreurs ?

— Pas assez souvent, non. Mais qu'est-ce qui te prouve qu'il ne recommencera pas ? Les diables sonnent toujours deux fois...

— Tu ne peux pas savoir. Si tu avais vu son regard quand il me suppliait de lui pardonner, je peux bien te le dire, à toi, même si l'histoire m'appartient et

que je n'aime pas trop raconter mon intimité (j'allais
le dire), mais voilà, je te le confie très simplement :
il était à genoux et il pleurait.

— Et la preuve de sa sincérité t'a sauté aux yeux ?

— On ne peut rien te cacher.

— Mais tu es certaine que vous allez vous entendre ? Après tout, tu l'as dans ton décor depuis un
moment, mais que sais-tu de lui ?

— C'est lui, je te dis ! Je le sais, je le sens !

— Mais imagine que...

— Clara !

— Oui ?

— Tu voudras bien être la marraine de Barnabé ?

— Et si Barnabé s'appelle Ludivine ?

— Ce sera un garçon !

— Je ne te le fais pas dire.

Ainsi, même Gertrude envisageait de se repro-
duire. De se dupliquer. Même Gertrude faisait
l'amour, pas souvent, ça se serait su, mais au moins
avait-elle accueilli quelques corps étrangers. La mala-
droite, la mal gaulée, parvenait malgré tout à donner
le peu qu'elle avait.

Et moi, j'attendais quoi ?

Un soir de dégoût total, quand rien ne sert à rien,

je décidais comme ça, d'un coup, au bord du ravin, je décidais d'en parler. En parler à qui ? C'était vite vu : Maud ou Gertrude.

Maud, celle qui sait, ou Gertrude, la naïve aux quarante enfants (si seulement elle avait eu quarante occasions) ? Très vite, j'ai choisi Maud.

Quitte à dégueuler ma honte, à cracher ma pauvre vérité sur la table, autant compter sur une écoute efficace. J'avais envie de savoir ce qu'en dirait celle qui savait. L'expérience plutôt que les minauderies compatissantes.

Je le voyais déjà, le O s'arrondir sur la bouche de Gertrude quand elle apprendrait l'incroyable révélation. Il me faudrait subir son sourire réfréné qui, je l'avais déjà remarqué, ne demandait qu'à s'épanouir au récit des soucis des autres. L'occasion était trop belle d'en oublier momentanément les siens.

Au moins, Maud présentait le mérite de masquer. C'était même ce qu'elle faisait de mieux. Elle m'épargnerait son fracas intérieur, tairait le cheminement secret de cette inconscience qui ne dit pas que du bien. Les yeux laser et la bouche clinique, elle me délivrerait sa sentence. Son savoir-faire en ébullition, elle analyserait la situation, tutoierait ce drôle de destin que j'aurais déposé là sur son chemin.

Gertrude ne s'était pas privée, toutes ces années,

d'abuser de cette aptitude qu'avait Maud à désarmer les situations potentiellement humiliantes. (Un jour, elle s'était fait poser un lapin. Maud lui avait recommandé d'appeler sans tarder le goujat en s'excusant d'avoir manqué le rendez-vous. A une femme surprise dans sa nudité, Maud aurait conseillé de se masquer promptement le visage...)

C'était à Maud et à personne d'autre que je devais parler. D'ailleurs, Gertrude avait d'autres chatons à fouetter. Imprégnée de son rôle de future mère, elle passait son temps à pouponner dans le vide. La fabrication avait apparemment été reléguée au rayon formalités.

Contre toute attente, Thibaut se montrait étonnamment prévenant. Même Gertrude, la shootée aux scénarios rose bonbon, ne parvenait pas à prévenir ces prévenances-là. Elle regardait de ses yeux ébahis son futur mari idéal et terriblement platonique. Enfin, je le supposais, car elle n'aurait sans doute pas manqué, en cas de consommation intempestive, de me narrer leur première nuit par le menu.

Pour l'heure, il la couvait, la couvrait de cadeaux et de coups de fil inquiets, la génitrice était soignée sous cloche. Gertrude se croyait infiniment et enfin aimée, pas un instant elle ne reniflait son unique attrait de mère porteuse.

Un soir que son sculpteur était absent, nous décidâmes avec Maud d'une réunion au sommet. Ordre du jour : *Fallait-il le dire à Gertrude ?*

Le vin se lape avec délectation. Celle qui sait sait aussi vivre. L'élixir fait monter le ton de la conversation. La flamme d'une bougie tressaille et ce sont nos doutes qui nous assaillent. Nous ne sommes pas d'accord, deux regards dyslexiques sur la vie.

— Si tu lui dis, tu tues son rêve.

Maud n'en démord pas.

— Au contraire, ce sont ses rêves qui vont la tuer. (Là, je témoigne.)

— Tu parles ! Comme si elle avait autre chose à se mettre sous la dent..., rétorque Maud.

— Mieux vaut la vérité, même pour se remplir une dent creuse.

— Mais tu n'en sais rien, Clara ! Au moins, elle tente sa chance jusqu'au bout, imagine que ce Thibaut ait vraiment viré sa cuti...

— Tu ne vas pas t'y mettre toi non plus. On ne se vaccine pas contre ses envies. Même enfouies sous

des kilos de conventions, elles finissent toujours par
ressortir. Et plus tard ce sera, pire ce sera.

— Ecoute, Clara, tu l'as déjà vue aussi heureuse
qu'en ce moment ?

Je fais mine de réfléchir, mais c'est tout vu.

— Non, bien sûr que non, mais...

— Tu vois !

Maud triomphe.

— Laisse-la au moins croire, c'est toujours ça de
pris. Tu sais, dans la vie, il faut racler les fonds de
tiroir à la recherche des petits bonheurs.

— Quitte à tomber d'encore plus haut ?

— Oui.

— Quitte à gaspiller son espoir ?

— Oui.

Maud se lève, souffle sur la bougie, se retourne
vers moi.

— Ayons la franchise de ne pas lui dire.

Alors que moi, je me nourris de mes petites véri-
tés. Je préfère encore souffrir plutôt qu'ignorer. C'est
incroyable comme les gens ne disent jamais les choses ! Ils font comme si de rien n'était et tournent la
page en douce. Ils ignorent ce venin qui prolifère à
l'intérieur. Drapés dans leur couverture de négli-

gence, ils comptent sur ce temps qui délave, laissent les fêlures rayer l'émail. Mais à la longue, certaines taches ne se rattrapent pas, incrustées dans le tissu des relations humaines.

Comme toi et cette histoire que tu n'as pas voulu vivre. Un de ces jours, je vais t'appeler. Rien quémander. Rien larmoyer. Juste te demander une petite faveur. Ce serait énorme pour moi, pour toi, comme si tu m'offrais des fleurs, pas grand-chose.

Fais-moi le cadeau de me dire. Vraiment. Il n'y a plus d'enjeu depuis longtemps. Juste dis-moi ce que tu as ressenti, pourquoi tu ne m'as pas bousculée une bonne fois, dis-moi ce qui t'a empêché de vouloir me prendre, dans un tourbillon de sens.

Pourquoi n'as-tu pas empoigné cette histoire au lieu de la vivre petit bras ? Etait-ce la peur, l'absence de désir, ai-je commis un geste, dit quelque chose qui t'a déplu ?

Je n'ai rien compris, tout semblait si bien parti. Tu étais avec moi, j'en suis sûre, nous étions ensemble, accordés. Je n'ai pas vu venir l'itinéraire bis. J'aimerais bien savoir pourquoi tu t'es échappé. Dis-le-moi. Pour que j'apprenne, pour que je ne recommence pas. Et tant pis si c'est dur à entendre, j'en fais mon affaire. Juste dis-moi.

Moi, je veux qu'on me dise.

A la fenêtre, dans l'embrasure, je goûte le dehors. Un carreau s'allume dans l'immeuble d'en face. Une silhouette enlève son manteau, l'accroche et sort de la pièce. Le carreau suivant s'éclaire à son tour. C'est une femme.

Elle se scrute maintenant dans un miroir que je parierais loupe. Tout son corps est penché vers son image. Je la vois de profil. Je regarde celle qui ne se sait pas regardée. Ça change tout. Seul, on livre ses ultimes mystères.

A l'étage du dessus, les luminosités des écrans télé se répondent. J'attends la pause pub du grand film du dimanche soir pour savoir s'ils vont vraiment tous faire pipi en même temps. J'aime prendre le temps d'ignorer le temps, surtout le dimanche. J'aime cet esprit qui vagabonde, sans itinéraire, ces pensées qui ricochent sur plusieurs bandes. Sur la platine, Morcheeba susurre son refrain lascif :

> *Fear can stop you loving, love can stop you fear, but it's not always that clear...*
> *La peur peut t'empêcher d'aimer, l'amour peut t'empêcher d'avoir peur, mais ce n'est pas toujours si simple...*

J'ai encore rêvé de toi. Une scène de soie. C'était si simple avec toi, mon bel inconnu. Tu t'approchais tout près et déposais sur mes lèvres un baiser d'une douceur infinie. Je souriais immensément. Nos gestes ralentis nous protégeaient. Je te visualisais parfaitement, j'aurais pu te reconnaître dans la rue. Mais dans la rue, le bruit des camions-poubelles m'a sortie du sommeil.

Calfeutrée dans ma chemise de nuit préférée, j'ai revécu mon rêve jusqu'à l'user. Quand plus aucune goutte n'en est sortie, j'ai inventé la suite de l'histoire.

Je t'appelais et te racontais mon songe à voix basse, en détachant exagérément chaque syllabe. Tu m'écoutais, je sentais ton souffle. Tu répondais que tu arrivais et tu arrivais. J'ouvrais la porte, tu me soulevais de terre sans un mot, nous tournions, nous avions du beau devant nous.

Me v'là bien, maintenant.

J'ai toujours eu des feux d'artifice difficiles. Par ricochet, les explosions du ciel me renvoyaient à mon aridité sentimentale. Les 14 Juillet avaient jonché mon adolescence de gerbes multicolores dégoûtantes. Les yeux levés vers ce céleste pétaradant, je sentais ma main inutile.

Les autres, les paires d'autres, devinaient dans le bouquet final les pluies d'étoiles qu'ils n'allaient pas tarder à allumer. Ils se rapprochaient ostensiblement, ne pouvaient goûter à l'embrasement du ciel que collés, comme encastrés.

Blottie dans ma solitude, je ressortais humiliée de ces feux de l'amour. Comme si ces artifices que je répugnais à utiliser me narguaient de façon tellement ironique. Je n'avais jamais su faire parler mes charmes. Seins noyés sous du difforme et fesses protégées d'un rideau de tissu. Rien à signaler, passez donc sans me voir. J'offrais un spectacle triste, en noir et blanc, là où les aimables s'alanguissaient sur un fond polychrome.

C'est exigeant, le noir et blanc, les plus belles photos ne se conjuguent même pas autrement. Mais le noir et blanc ne fait pas dans la retape. Il faut aller le chercher, deviner ce qui ne se voit pas. Si un œil d'en face s'allumait malgré tout (on avait vu sous ma robe de bure), je le dissuadais assez efficacement de toute perspective en braille. La peur me clouait, en effet, je n'abordais la rencontre qu'obsédée par l'issue finale, l'inévitable. Toutes ces tentatives de cul qui finiraient en culs-de-sac. A quoi bon ?

Je n'y croyais pas. J'aurais bien aimé, mais vraiment, je n'y croyais pas. Combien d'élans ai-je rejetés, combien de nuits ai-je refusées, combien de distances ai-je créées ? Les trains passaient, je n'en prenais aucun. On ne monte pas dans un train invisible. On s'étonne seulement de ce quai désert.

Contre le rayonnement qui risquait de me brûler, j'étais mon propre garde du corps.

Maintenant que j'y pense, Maud ne va pas bien. Et si j'y pense encore, je me dis qu'elle ne va pas bien depuis un bon moment sans que je me le sois formulé. Et pourtant, il faut le traquer, son petit rien qui déraille. Des années que je la côtoie, jamais une plainte. Maud préférerait mourir plutôt que d'avouer son mal. De honte, elle mourrait. Elle qui sourit comme on dit merci ou pardon, par réflexe. Une grande professionnelle du paraître. Une pute spécialisée dans les convenances.

J'aime plutôt bien les putes, d'ailleurs. Leur deal a le mérite d'être clair : payer pour palper, allonger pour culbuter. Je spécule seulement sur ces secrets planqués sous leur peau tannée. Faire dans le commerce et rêver de tendresse, se faire baiser et aspirer à la pureté.

Maud aurait aimé savoir péter les plombs, emmerder les beaux principes dont on l'avait gavée dans sa banlieue de parvenus. Elle ne le peut pas, on lui a tellement seriné de se tenir. Alors, elle se tient droite dans les bourrasques.

C'est le rouge écaillé de son petit doigt droit qui m'a mis la puce à l'oreille. Je ne le regardais pas spécialement, ce petit doigt droit, je suis tombée dessus par hasard et quelque chose a cloché. Je n'avais jamais vu les mains de Maud autrement que parfaites. Manucurées au millimètre. Hydratées en permanence, gracieuses, expressives. Elle le savait, elle en usait, dans l'espace et le toucher. Car Maud touchait beaucoup. Les gestes les plus anodins s'habillaient d'un frottement ou d'une caresse légère. On se sentait enrobé de bonnes ondes. On se sentait nécessaire.

J'attaque brutalement, espérant l'ébranler par surprise.

— Lève la main droite et dis *je le jure !*

— Pardon ?

Elle sort de son isolement.

— Jure-moi que tu vas bien.

Elle me fixe de son regard acier, je soutiens le défi, la braque sans faillir d'un seul cil, nous nous regardons plein feu, longtemps. Elle ne baisse pas les yeux quand ils s'embuent. Une larme perce, trouve sa voie au coin de l'œil, trace un sillon sur la peau satin.

Un pleur, le silence. Maud a lâché son maximum. Tout son désespoir se concentre dans cette perle échouée et déjà séchée.

Je tente une piste :

— C'est le sculpteur ?

(Je le dis sur la pointe des pieds.)

Elle hoche la tête.

— C'est grave ?

(Je reste générique, je tâte le terrain.)

Elle hoche la tête.

— Les fiançailles sont compromises ?

(Pourvu que mon ton ait été assez neutre.)

Elle hoche la tête.

— Et tu t'en veux ?

(Là, ça passe ou ça casse.)

Elle hoche la tête, petite chose.

Je l'ai serrée très fort, ai déposé une bise sur sa joue figée, nous n'irions pas plus loin aujourd'hui, je le sentais. Je l'ai regardée sur le pas de la porte.

— Je suis là, jour et nuit.

Elle a hoché la tête une dernière fois et m'a offert un pâle sourire, puis je suis partie. J'ai attendu, elle n'a pas appelé. J'ai respecté son silence, j'aurais tant aimé qu'elle le brise.

Téméraire, par instants, je l'avais été. Rien de plus brutal que le coup d'audace d'une timide. L'altitude, allez savoir. Nous sommes au ski.

Tu es déjà en bas de la piste, petite silhouette à bonnet. J'attends mon confident qui skie moins bien qu'il n'écoute. Je lui ai raconté le Parkinson de mon cœur quand je t'aperçois, mes nuits passées avec toi, sans que tu le saches, le simple plaisir de me tenir à tes côtés.

— Si tu l'aimes, dis-le-lui !

— T'es fou ! Je n'y arriverai jamais.

— Tu lui dis, je te dis ! Tu n'as rien à perdre. Si ! Juste une incertitude qui te ronge.

— Mais comment veux-tu que je le formule ?

— Tu le rejoins en bas de la piste et tu le lui dis simplement.

Je jette un coup d'œil à la tête d'épingle emmitouflée.

— Mais s'il ne m'aime pas, lui ?

— Au moins, tu le sauras. Et si ça se trouve, il n'attend que ce moment-là.

Mes jambes flageolent, j'ai envie d'envoyer valdinguer ces grosses chaussures qui me scient les pieds et de m'attabler en gros pull devant un thé fumant avec les oreilles qui brûlent. Le dénivelé de la piste me terrorise et m'attire. Soudain, je plonge. Tout droit sur la blanche, planches au plancher. L'objet de mes rêves grossit à vue d'œil. Jet de poudreuse.

— Je t'aime.

Il sourit de ses lèvres gercées.

— C'est drôlement gentil.

Il ne m'en a plus jamais reparlé.

Je la regarde être ailleurs. Elastique, son corps se moule dans la musique. Maud se fout des autres, elle danse. Elle ne joue pas à danser, ne fait pas son intéressante, elle danse.

Les agités d'à côté reproduisent des gestes imposés par un mystérieux schéma collectif. De petits ronds ridicules, les mains devant le visage, pour les filles. Le centre de gravité des garçons est tombé sur les hanches, il me semble. La dernière attitude en vogue des nocturnes qui se la donnent n'est pas glamour : afficher un sourire crétin en se dandinant. « Je m'amuse follement et je laisse entrevoir mon nirvana intérieur. »

Tous ces pantins n'existent pas. Ils sont gris, se diluent dans le paysage.

Maud renvoie la lumière derrière son visage sans tain. Les mains collées dans le dos, tellement élégante, dans un simple tee-shirt blanc sur jean délavé.

Que tous les flambeurs passent donc le test du jean-tee-shirt, on verra s'ils la ramènent autant.

Je regarde Maud irradier sur la piste et je peste. Quand je pense qu'elle a lâché une larme, puis plus rien. Marche arrière, retour à la normale.

Elle me rejoint au bar.

— Tu ne danses pas ?

— Rien ne t'échappe...

— Jamais ?

— Si, parfois le soir, sur mon parquet.

Elle secoue la tête avec tendresse.

— Clara, laisse-moi te prendre en main. Tu me suis, tu joues le jeu...

Je l'interromps, c'est trop facile.

— Et toi, Maud, quand est-ce que tu abats tes cartes, que tu me racontes ce qui ne va pas ? Tu n'as pas confiance ?

— Ce n'est pas le problème. Je te parle de toi, là. Tu joues mon jeu juste une semaine, pour voir.

— Qu'est-ce qu'il y a à voir ?

— Toi.

Elle n'aurait pas dû dire ça.

Au moins cinq jours que je n'ai pas de nouvelles de Gertrude. Pas un piaillement au téléphone. Pas de trace de cette voix qui transperce les tympans qui passent. Ce silence est trop inédit pour ne pas en dire long. Son amour présumé l'aurait-il rendue oublieuse ?

D'ordinaire, elle dilue, tandis que je me délite. Comment peut-on parler autant ? De tout, de rien, surtout de rien. Pas un astérisque qui ne me soit épargné. Elle dégouline dans le combiné, je déambule dans l'appartement, vaque, abats le boulot, la tête penchée, l'épaule levée, entre les deux, le téléphone. Mon attention s'évade vers le fumet de propre qui s'échappe de la machine à laver la vaisselle.

Je me contorsionne pour ne lâcher ni les assiettes ni le combiné, de temps à autre, je pique quelques mots dans le récit de Gertrude et émets un grognement d'approbation ou d'interrogation. Puis passe au plat suivant.

Une machine plus tard, elle parle toujours. Je la laisse faire et repars dans mes tâches ménagères.

(Et je mange quoi, moi, ce soir ?) Le Frigidaire s'ouvre sur un désert : beurre, confiture et fromage. Le livreur de sushis peut faire chauffer sa mobylette.

Et Gertrude qui se répand. Elle n'en est, je le sens, qu'aux préliminaires de sa folle histoire.

(Cette couche de poussière sur l'étagère !) Incroyable, tout ce qui s'amasse, où est donc passé le chiffon jaune qui sent le Pliz ?

La logorrhée continue de couler, j'ai largement le temps de régler ces factures qui grouillent. Je retends l'oreille par réflexe.

– ... finalement, elle a gagné en justice. Et c'était justice ! Tous les matins, imagine-toi, à la même heure, son collègue lui lançait, comme on dit bonjour : « Tu suces ? » Tu te rends compte, Clara (mm... mm...), ce qu'elle a dû endurer ? Et c'était dur ! Elle l'a traîné devant les tribunaux pour ses excès excessifs et, au final, elle a obtenu deux cent mille balles de dommages et intérêts. Et y'avait intérêt ! Moi, je dis : « Bravo Sabine ! »

Je m'arrête net. Non, je n'y crois pas !

– Tu veux parler de la Sabine que j'ai croisée à ta crémaillère ?

– Ben oui, Sabine, j'en connais pas trente-cinq !

– Et c'est elle qui a porté plainte pour harcèlement sexuel ? Je rêve ! Quand je l'ai vue chez toi, ta Sabine que t'en connais pas trente-cinq, d'ailleurs, au passage, on dit trente-six, si on tient vraiment à le dire, bref, la Sabine que j'ai abhorrée toute la soirée, c'est la même qui a porté plainte pour harcèlement sexuel ? Mais cette fille, c'est un OUI ambulant ! On dirait une mangue ouverte sur un plateau ! Elle joue la bombe, toutes mèches dehors, et après, elle s'étonne que les mecs craquent des allumettes ? Elle fait l'offensée et elle gagne vingt plaques ? Dis-moi que ça n'est pas vrai !

– T'exagères, Clara ! J'admets que Sabine n'est pas farouche, mais c'est pas une raison. Cette fille a un cœur gros comme ça. D'ailleurs, elle a invité tout le bureau au resto pour fêter sa victoire.

– Mais le problème n'est pas là ! La morale de l'affaire, c'est qu'elle est payée pour son attitude. Tu te rends compte !

Oh, puis je laisse tomber. Tenter d'expliquer quelque subtilité à Gertrude, la tâche est trop immense.

Je replonge dans mes factures. De mauvaise humeur. Signer des chèques et penser à celui touché par Sabine, ça fait beaucoup d'un seul coup. Qu'est-ce qu'elle a dit, là ?

– Qu'est-ce que tu viens de dire ?

– Tu ne m'écoutes pas ?

– Si, je ne fais même que ça !

– Je disais que Julien m'avait demandé de tes nouvelles.

– Gertrude, tu te concentres et tu me restitues l'intégralité de ta conversation avec Julien. Tu m'entends ? Tu me fais tout, les mots, les silences, les intonations. C'est venu comment ?

Julien. Je me souviens.

C'était l'année dernière, du pur hasard. Ce soir-là, l'environnement grouillait de feux follets. Bariolés ou moulés, les deux parfois, hauts en couleur en tout cas. Toutes saillies dehors, de jeunes créatures virevoltaient, survoltées.

Gertrude m'avait traînée dans ce temple homo baroque. L'une de ses copines lui avait vivement conseillé de miser sur cette ambiguïté pour optimiser ses opportunités. Ces lieux regorgeaient en effet de filles à pédés, venues s'amuser à la source sans s'embarrasser des arrière-pensées de la séduction. Elles y étaient parfaitement tranquilles, elles ne risquaient rien, et ça faisait drôlement du bien par moments d'agiter le drapeau blanc.

De belles filles, les filles à pédés. Comme elles étaient belles, les pédés les adoraient. Tout le monde, finalement, y trouvait son compte.

Mais la tendance avait fini par filtrer depuis le ghetto, parvenant aux oreilles des hétéros, qui avaient alors investi les lieux homos à la recherche de ces belles filles délaissées.

Les homos n'avaient pas trop aimé. Les filles à pédés, tout bien réfléchi, appréciaient de pimenter leurs nuits sans enjeu d'une once de séduction. Au pire, elles pouvaient toujours prétexter préférer les filles. La conclusion avait intéressé Gertrude au plus haut point : pour se faire brancher, aller voir les homos.

Ce soir-là, elle est arrivée avec Julien. Jamais elle n'a fait mieux depuis. D'où le sortait-elle ? Mystère ! Je ne me suis pas dit : *Quel gâchis, ce beau mec réservé à d'autres*, pas du tout, je ne me suis rien dit de la sorte. J'étais simplement détendue, aucun danger en vue, j'avais bel et bien baissé la garde, je me sentais intouchable.

Avec Julien, nous étions pliés, la légèreté chatouillait nos zygomatiques, qu'est-ce qu'on rit bien avec les pédés !

Tous les regards convergèrent soudain sans concertation vers un même point de la piste : un petit podium, surgi en catimini, que coiffait un puissant projecteur. Aucun doute, happening en vue. Il suffisait d'observer la traînée de poudre collective qui flottait dans l'air.

Quand la musique se mit à gronder, je crus qu'on venait de me transpercer le cœur. La grosse caisse explosait ma poitrine, la basse faisait vibrer mes entrailles. Record personnel de beats par minute. L'alcool ingurgité n'aidait pas au calme plat.

Julien et Clara, les deux nouveaux meilleurs amis

du monde, avaient abondamment arrosé leur rencontre déminée. Qu'il est bon d'être bien sans chercher à anticiper le mieux !

C'est un peu vacillants que nous attendions côte à côte, pas très loin, le clou de la soirée que je pressentais épicé. Une créature s'est illuminée sous les spotlights. Le ton est monté d'un cran, j'ai cru saisir assez nettement le frisson de désir qui parcourait la folle assemblée.

Sur ma droite, un profil m'apparut pétrifié. Mon voisin n'en croyait pas ses mirettes de la beauté sculpturale qui se déhanchait au loin sur la scène transcendée. Ses yeux buvaient le spectacle, on agitait sous sa barbe de trois jours la femme idéale, celle qu'il aurait voulu être s'il avait été une femme. Qui aime les hommes.

Je l'ai lâché du regard pour me retourner vers Julien. Et là, je n'ai pas tout compris. J'ai vu que Julien venait de tourner la tête vers moi au même moment. Nous nous sommes souri et, dans le mouvement, avons collé nos lèvres bien en face. Et nous avons recommencé. Nous n'arrêtions plus, même, de nous embrasser. Pas mal de pelles après, je suffoquais.

Je suis allée faire un tour pour voir si le réel tenait le coup avec la distance. Je redoutais d'affabuler une nouvelle fois. La chaleur, l'alcool, l'émotion, la techno à fond les watts, la fatigue, tous ces facteurs risquaient bien d'amplifier mes facultés à fabriquer du faux. Mais non, quand je suis revenue auprès de lui, nous avons remis ça.

Je n'en revenais pas de cette rencontre qui n'aurait pas dépareillé dans mes rêves. C'est juste la suite qui a déraillé assez vite. A la lumière du jour. La magie s'est évaporée en plein air sans qu'aucun de nous deux ne formule à voix haute cet état d'amour soudain envolé.

Quand j'y repense, j'essaie de me concentrer sur ce visage qui se rapproche dans une évidence.

Les mains de Maud modèlent mon visage au millimètre. D'abord, hydrater la peau, la recouvrir d'un
film protecteur imperméable aux agressions extérieu-
res. Puis étaler l'artifice avec application. Fond de teint
tamponné délicatement à la houppette. Imperfections
masquées de la pointe d'un crayon magique. L'experte
en beaux-arts travaille mon visage avec concentration.

J'ai accepté l'expérience : Maud me prend en
main, pour voir.

— Regarde en l'air !

— Pour quoi faire ?

— Regarde en l'air, je te dis, je vais allumer ton
regard !

Une petite brosse vient peigner mes cils et y
dépose un paquet noir profond.

— Surtout, tu ne baisses pas les yeux avant que le

Rimmel soit sec, sinon, c'est foutu, tu auras l'air d'une traînée.

— A quoi ça tient, la séduction...

Les yeux collés au plafond, un tressaillement m'inquiète : le pincement du rire venu du ventre. Le danger remonte, je dois absolument le contenir, je résiste, l'éclat au bord des lèvres, je vais le ravaler, le réprimer, le consigner à l'intérieur. Soudain, me vient l'image subliminale de Gertrude enceinte. Elle est en large salopette.

Trop tard. Le fou rire explose, des paquets de larmes surgissent en geyser et viennent ruiner le plâtrage.

Maud se fâche.

— Non, mais tu le fais exprès ! Si tu n'y mets pas du tien, tu n'arriveras jamais à rien ! Faut pas croire que tu vas trouver ta fortune au télé-achat. Faut se battre, ma vieille, tu n'es pas seule à t'aligner au départ ! Bon, je recommence tout, t'as intérêt à te tenir tranquille !

Ainsi, il fallait en passer par là. Farder son visage pour attirer des sentiments qu'on espérait les plus sincères possible. Maquiller son apparence pour finir toute nue. Assise face au miroir témoin de la falsification, je m'évadais sur des voies épurées. Je te rencontrais sans fards. Ton regard s'attardait sur mes lèvres nues et accrochait mes yeux non soulignés. Tu t'en foutais, tu me voyais vraiment, sans tricherie. Et c'était si bien ainsi.

– Ça y est ! Van Gogh a terminé. Comment tu te trouves ?

Ainsi maquillées comme des voitures volées, nous partons en boîte. De conserve ? Un peu.

Ces endroits à la mode se périment assez vite et se doivent d'innover sans cesse, ne serait-ce que dans le n'importe quoi. L'endroit choisi par Maud était assez saisissant.

Le propriétaire des lieux, bombardé *nouveau roi des nuits parisiennes*, s'était manifestement creusé la cervelle pour justifier son titre : on débouchait de plain-pied sur soi-même. Un grand miroir, posé sur le mur d'en face, réfléchissait la porte d'entrée et ceux qui la poussaient.

J'aurais bien passé la nuit là, tolérée dans un coin, à observer les autres en train de s'observer. J'aurais même payé l'entrée. Comment les arrivants appréhendaient-ils leur propre image ? Un petit coup d'œil, mine de rien ? Un long regard velouté lancé à son double ? Certains, j'en étais sûre, iraient jusqu'à se contempler ouvertement et longuement – et après ça, ils se disent pudiques.

Et ceux qui arrivaient en couple, qui regardaient-ils, l'autre ou eux-mêmes ? L'autre pour l'admirer, le surprendre à l'improviste ? Ou soi-même d'abord, pour se réajuster une dignité, pour tenter de jauger ce qu'on offre à juger ? Ou encore une vue d'ensemble, sur le couple dans son entité, pour voir l'impression qu'il donnait.

Quand je me suis surprise dans le miroir, je ne me suis pas reconnue dans cette fille qui avançait, je la trouvais, comme ça, en une fraction de seconde, très apprêtée, pensée et fabriquée pour le lieu et l'occasion.

Mon double ne tranchait pas avec le ton ambiant, l'autre moi-même pénétrait, sûre de ses effets, dans ce temple du sophistiqué, où tous avaient passé des heures pour paraître naturels. Du beau boulot destiné à ouvrir l'appétit.

Des seins saillants perchés sur talons hauts, des costumes de bonne facture sur chemises blanches. Des vêtements comme des secondes peaux pour sauver la première.

J'étais une autre, étrangère à moi-même. Nous n'avons pas passé une très bonne soirée ensemble.

Posée là, sur le sofa, sans même la force d'un geste.

Lendemain de fête détestable. Je ne veux pas y repenser, j'allume la télé. Tiens, il s'y passe quelque chose. Un type en short souffre sur sa chaise. Le ralenti rejoue le drame. La déchirure s'est jouée en un millième de seconde.

La grande quinzaine de l'ocre ne l'avait pas prévu, le champion, promis à la victoire par les statistiques et la force de son mental, venait de se tordre la cheville. On le revoyait sprinter vers le filet, une course stoppée net en plein effort par un pied mal posé. Gros plan insistant sur un visage qui se déforme.

Sur sa chaise de repos, le sportif n'était que douleur. Le dos tourné au public, il sanglotait comme un enfant, du moins le devinait-on, derrière ses belles et longues mains plaquées sur son visage qui tentaient de contenir un semblant de dignité.

C'était fini, le favori était contraint à l'abandon. L'abandon. Abandonner. S'abandonner. Je me le copiais cent fois, ce mot-là.

Hier soir, dans mon nouveau costume de séduction, ma moisson fut un jeu d'enfant. J'étais facile. Comme quand j'étais môme, lors de ces entraînements de volley où nous échangions des passes (des passes !) avec un ballon lesté. Par contraste, lorsque nous reprenions la balle réglementaire, une simple pichenette du bout des doigts suffisait à la renvoyer sans effort dans une trajectoire parfaite et énergique. Ainsi maquillée, il me suffisait de claquer des doigts.

J'avais emprunté un de ces longs tapis roulants qu'on trouve dans le métro ou les aéroports : ma démarche était souple et gracieuse, sans forcer. Moi, la handicapée de l'élan, j'avançais soudainement à grandes enjambées, l'habit faisait l'aimable.

Sous mon masque coloré, le regard rehaussé charbons ardents, les lèvres évidentes, la poitrine indubitable, il me semblait déambuler en relief.

J'existais tellement dans le regard des autres que je me voyais sur grand écran. C'était simple, j'avais avalé une pilule et j'étais devenue désirable. Ça valait vraiment le coup de ne pas pleurer en attendant que sèche le Rimmel.

Sur ce champ de possibles inconnu, j'étais un peu étourdie néanmoins. La tête me tournait, même. Un bébé fatigué par toutes ces informations à capter d'un coup, quand tout est nouveau.

Bébé a fini par faire risette.

— On se connaît, non ?

(C'est pas possible, ils branchent vraiment comme ça, les cadors de la séduction ?)

— Non, je ne crois pas.

(Il m'énerve déjà.)

— Tu t'appelles Clara, et le soir, parfois, tu danses seule chez toi la musique à fond.

(Là, il me tue.)

— Comment tu sais ça ?

(Je crois bien que j'ai perdu l'expression qui sied à la distance.)

— J'habite au 33, rue Lepic.

(Aucun doute, c'est en face de chez moi.)

— Et alors, tu me mates à la longue vue ?

(Gros frisson rétrospectif.)

— Non, ne t'inquiète pas. Mais parfois, je l'avoue, je me mets à la fenêtre et j'imagine la vie des silhouettes d'en face. Toi, j'avais du mal à te deviner.

— Et là, bien sûr, tu viens de reconnaître ma silhouette ! Tu as vu une ombre à vingt mètres et tu es capable d'y mettre un visage que tu identifies immédiatement, peut-être ! En plus, tu tombes mal, ce soir, je suis déguisée.

— Un jour, j'ai voulu voir la tête que tu avais, je suis descendu quand la lumière s'est éteinte chez toi. J'ai recommencé plusieurs fois pour être sûr.

— Qu'est-ce que tu racontes ? Alors, ce soir, tu m'as suivie, t'es malade, ou quoi ?

– Non, hasard complet. J'accompagne un ami qui ne va pas très bien.

(Ma pensée est totalement écarquillée, faut que je me calme.)

Je ne dis plus rien, tente de faire le point, il rompt le silence d'un Scud assassin :

– Je te préfère quand tu n'es pas maquillée.

(Pourquoi il dit exactement ce qu'il faut ?)

Un même étouffement nous propulse dehors. Nous suintons l'impatience. Nous rebondissons d'un taxi à un porche. J'ai donné mon adresse. Sans réfléchir, pour une fois.

Nous nous effeuillons, à gestes saccadés, mais sûrs de leur chemin.

Nous nous abandonnons.

Pourquoi lui ai-je dit de partir ? Parce que c'était trop bien ?

Tout glissait, je m'en souviens. Je flottais sans efforts. Nous dansions à l'unisson. Je souriais, j'en suis certaine. Je volais. J'étais si bien.

D'un seul coup, j'ai rien vu venir, d'un coup, c'est tout ce que je sais, une panique pitbull m'a saisie à la gorge. Etouffement.

J'ai bredouillé. J'ai prétexté je ne sais plus quelle absurdité et je l'ai mis dehors.

La porte refermée, je me suis détestée. Comme jamais. Je suis restée là, recroquevillée dans l'entrée. J'ai pensé que jamais je n'y arriverais, qu'il valait mieux tout arrêter tout de suite.

J'ai ri en rafales aussi, en pensant à mon visage maquillé. J'ai bondi d'un coup, j'ai couru effacer les artifices.

La tête sous l'eau, je ne sentais plus les sanglots.

Je décroche par réflexe. Manquait plus qu'elle. Elle a une façon de ne pas s'annoncer qui m'attaque les nerfs. Une présomption dans l'intimité. On n'a pas élevé les embryons ensemble.

— Salut ! (Elle hurle.) C'est moi ! (Qui, moi ? J'en ai d'autres.) Il fait top beau. (Et alors ?) Tu viens gruncher ?

— Bruncher, Gertrude. On dit bruncher, c'est une contraction de breakfast et de lunch.

— N'empêche ! Tu viens ?

Silence.

— Viens, je te dis ! Je te présenterai Thibaut !

J'ai déjà l'impression de le connaître par cœur, son chéri. Impossible de le voir autrement que se trémoussant le bassinet aux pieds d'une petite frappe. Faut croire qu'il y a des scènes qui marquent.

Mais au point où j'en suis, autant aller visiter d'autres catastrophes.

Troublant, le premier regard. J'ai nettement le sentiment qu'il sent que je sens sa supercherie. Je n'ai pas le temps de m'attarder sur cette impression. Une réalité, puissante, m'explose au visage : Gertrude est métamorphosée. Reconstruite par l'amour. Une pensée passe, fugace : Maud avait raison, il ne fallait rien dire à Gertrude.

Je la regarde, l'innocence lui va bien au teint. De saules pleureurs, ses cheveux se tiennent désormais, souples et brillants. Tout son être irradie, d'ailleurs. Même dans ce fauteuil absorbant, l'avachie d'hier a gagné en tenue. La silhouette est fluide (elle a bien dû se délester de quatre ou cinq kilos), pour un peu, elle serait même chic. Pas élégante, il ne faut rien exagérer, l'élégance est innée, probablement inscrite dans les gènes. Mais Gertrude est devenue une autre : elle, en tellement mieux.

Ce n'est que plus tard, plongée dans la vapeur d'un bain brûlant, que je réalise le plus incroyable de l'histoire : Gertrude a changé en douce, sans m'en dire un mot.

Dans le même bain, un peu plus ramollie encore,

une résolution vient s'imposer à moi, s'incruster indélébile (les lumières s'amusent souvent à s'allumer dans des lieux incongrus, je tiens registre : dans le bain, soudain dans la ville, aux wawas ou dans l'ascenseur) : c'est dit, juré, craché, je promets, me promets : avant la fin de la semaine, j'aurai tout dit à Maud. C'est ça ou foncer dans le mur. Et les murs me fatiguent.

Un flot d'infos à la radio. J'ouvre le robinet et l'info coule. Je referme, étanchéité parfaite, je peux repartir dans mon monde inventé, sans pollution du réel. Parfois, je laisse couler l'eau pour prendre la température du monde comme on glisse un orteil dans un océan saisissant.

ON. Où en est-on ? Deux *pas d'accord* en débattent. Conviction contre conviction. Leurs voix sont tellement proches que les deux intervenants sont désormais installés dans mon salon, enfoncés dans le canapé, jambes croisées, ils discourent, font comme chez eux, pour un peu, je leur servirais un thé.

Il est question de bombes que l'on lâche sur un dictateur pas de pacotille. La première conscience assène qu'on doit faire la guerre pour sauver la paix, qu'un peuple est massacré à nos portes (*à deux heures d'avion !* à croire que la proximité pollue son confort), plus jamais ça, la barbarie (il est fort pour les mots définitifs), que le réalisme impose les bombardements.

L'autre avance que la guerre n'est jamais une bonne réponse, qu'on frappe un peuple pas responsable du dictateur (de pacotille), que le temps est venu d'imposer le pacifisme (il y croit vraiment encore ?).

Ils en débattent sur la longueur. Le robinet d'infos courantes laisse couler les arguments. Le présentateur-médiateur fait la synthèse pour les bouchés que nous sommes : rêver d'un monde meilleur ou composer avec l'actuel.

On parle de guerre et il me semble qu'on parle d'amour.

— Comment tu le trouves ? C'est une question qui ne doute pas, une affirmation planquée pour la forme. Sûre de son fait, Gertrude demande comme on triomphe. Si elle en avait eu les moyens, Gertrude aurait été une salope.

— Incroyablement viril.

— Il est tellement gentil avec moi, un amour (elle traîne sur le *our*). Tu vois, Clara, on devrait toujours suivre les battements de son cœur (pourtant, ton cœur, il a déjà bien battu pour du beurre). Quand j'ai vu le comportement de Thibaut sur la vidéo du privé, c'était pas gagné (ah, tu as remarqué, aussi ?), eh bien, je me suis accrochée, je me disais que si c'était lui, il se représenterait sur mon chemin. C'est comme si le Bon Dieu s'y était engagé personnellement (v'là autre chose !). Je t'assure que je ne regrette pas le nombre d'heures passées à prier (et pour le budget cierges, t'as fait une note de frais ?), aujourd'hui, je suis heureuse comme je ne croyais pas que c'était possible. Et tu veux savoir la meilleure ? (Dis-moi vite, je brûle de savoir). C'est lui qui tient à se marier !

– Vous vous mariez ?

J'ai crié, je n'ai pas pu me contrôler, l'effet surprise, le mot « danger » qui clignotait.

– Ben oui, c'est dans la logique des choses, on s'aime, on veut des enfants, on se marie.

La vie est simple avec Gertrude.

Moi aussi, au début, je sentais les choses comme ça : je rencontre quelqu'un que j'aime ou que je crois aimer, c'est idem, et je ne le lâche plus. Je le suis partout, bouge du bout du monde ou petit coin blotti dans la ville. L'emballement de la boîte à

97

rythme marque le tempo dans ma poitrine. Volontaire je deviens, à en perdre toute raison. Je n'aspire qu'à son espace, je me pince de le toucher, lui offre mes failles, souris aux siennes, moi aussi, je compte pour deux, conjugue mes désirs, chéris ce lien ténu, ce pointillé qui tout le temps me relie à lui. Je n'affronte plus seule les tourments et les pièges, je coupe en deux les divines surprises et les traits de bonheur.

Mille fois j'ai cru l'avoir trouvé. Je le scrutais pour déceler ces signes qui plaideraient en ma faveur. Mille fois je suis retombée. Mille fois ça a fait mal. Un peu plus ou un peu moins. On s'habitue et on ne s'habitue pas.

Après les coups, on croit encore. La preuve : on recommence à chercher ce qui cloche. On étale les raisons sur la table, on y pense et on oublie.

Allongée dans la nuit, allumée dans mon lit, tout est si simple. J'ai envie et j'ose enfin. En sécurité sous mes draps, j'affronte les dangers. Je vais vers ce corps qui m'habite inconsidérément. Je déverse enfin cette tendresse en jachère.

J'aurais payé cher pour voir la tête de celui qui est fait pour moi. Quelque part, ma prise mâle.

Facture. Pub baveuse pour pizza qui paraît dégueu. Injonction rose recommandée, sûrement des PV. Petite annonce *cherche ménage*. Facture. Propagande de la Mairie de Paris. Facture. Tout ce faux courrier qu'on devrait livrer à part.

Une lettre, enfin de la vie. Ton écriture.

Mon trésor sous le bras, je fais marner mon impatience. Je ne l'ouvrirai qu'en haut. Avalés, les six étages.

L'enveloppe est jolie, délicate. On envoie toujours des bouts de soi. Bout de soie, pour toi. Je contemple mon adresse posée d'une écriture fine et nerveuse. Fais parler le code postal, ausculte le timbre. J'échoue à ouvrir l'enveloppe délicatement. Déplie fébrilement la feuille unique. Remarque d'en haut qu'elle ne contient que peu de mots. Je les dévore d'une traite, absorbe le sens général. J'y reviendrai. Plusieurs fois.

– « Il est vital que je te parle. M. »

Merde. Maud a dégainé avant moi.

Victoire. Elle veut me parler.

Je les mate à l'oblique, les médiocres de l'amour. De l'âme. Ils me dérangent, leurs arrangements. Leurs regards louches ne me regardent pas. Mais je remarque que je les remarque. Ils sont moches.

Dans ce café qui se croit élégant, deux solitudes sur le retour se font face. Le couple n'a manifestement plus qu'une rancœur à partager. Le cœur comme une vieille pomme pourrie.

Lui est ouvertement en affaire avec la serveuse idiote. Va-t-il oser l'inviter à dîner devant sa croulante devenue encombrante ?

Il se lève désormais et file au bar. Je ne veux pas voir la suite.

Je repense à toutes ces coucheries sous le manteau. Surtout préserver ses petits acquis. Ne pas oublier la fleur aux dents déversant des mensonges. Aux premières loges de leurs duperies, c'était comme si je souffrais de dégâts collatéraux.

Je repense à ces impeccables, soudés à la vie à la mort. Ils vivaient sans se frôler, sauvaient le social pour sauver leur peau. De beaux enfants dans leurs jambes.

Quand je les croisais, ces petits arrangeurs, je me sentais extraterrestre.

J'emmerde les regards inquisiteurs sur ma solitude. Les autres ne comprennent pas bien, sont gênés par les inclassables. Ils louchent sur mon parcours en solo, cherchent l'erreur, titillent le mystère. Comme si mes raisons leur étaient dues.

Ils guettent mes épanchements, suscitent la confidence, promettent de ne pas répéter. Ils répéteront, au diable leur engagement, un secret gardé pour soi n'a aucune valeur. Ils répéteront après avoir exigé une confidentialité totale. Et le secret s'éventera de bouche à oreille. Chacun chargera la barque. L'histoire enflera avec délectation.

Ils ne m'auront pas. J'ai tellement appris à ne rien dire quand ils me prennent pour un phénomène de foire.

« Et maintenant, mesdames, messieurs, voici Clara, la reine de l'esquive. Vous la pressez de questions, jamais elle ne répond ! »

Et pourtant, ils essayent. Tournent autour, tentent quelques répliques allusives, tendent des perches pathétiques.

– Tu viendras seule ?

(Tu préfères que je loue un type pour la soirée ?)

– Et toi, Clara, tu les aimes comment ?

(Borgnes avec des poils partout.)

– Tu ne trouves pas qu'il y a de plus en plus d'homos ?

(Je ne sais pas, je ne tiens pas de statistiques.)

— Le garçon avec qui tu étais, l'autre jour, c'est ton petit ami ?

(Directe, celle-là !)

— Non, c'est mon grand ami.

(Qu'est-ce que ça peut te foutre, connasse, est-ce que je te demande comment tu fais pour sucer ton gros porc de chef de service ?)

Quand je gravis les six étages, je me trouve quelques dérivatifs. Je me récite des poèmes (un pied par marche). J'en ai appris beaucoup par cœur sans savoir que j'habiterais un jour au sixième sans ascenseur. Et si je suis à court, je marmonne même ces mots tombés de ma peine lors de maudits moments. Faut bien s'occuper l'hiver pendant que les autres consument leur chair.

Toi là-bas, que fais-tu sans moi
(Plus qu'un demi-étage.)
Toi là-bas, ton absence en moi...

Je relève la tête pour ignorer les dernières marches... et aperçois une masse convulsive avachie sur mon paillasson.

Qu'est-ce qu'elle fait là si tard ?

Elle sanglote, un nez adhésif sur les genoux. Je remarque immédiatement le bleu de sa salopette. La chevelure de Gertrude est retombée comme une crêpe, il n'a pas tenu longtemps, son brushing de l'amour.

Elle lève un visage tuméfié, bondit dans un spasme, colle son chagrin gluant dans mes bras et ouvre définitivement les vannes.

Surtout, raconter n'importe quoi pour consoler, mais là, je sèche. *Je te l'avais bien dit,* ou : *Tu l'oublieras* me paraissent totalement hors de propos. Je ne sais quelle sucrerie lui servir sur un plateau, surtout ne pas en rajouter aux dégâts. Le mieux est encore de la faire parler, ce qu'elle fait toujours volontiers.

Elle raconte, j'établis le constat en mon for intérieur. Ses mots se grillent la politesse, ça déborde.

Je profite de ses nombreuses et bruyantes séquences de mouchage pour me remettre à flots. Pendant ce temps-là, ma pensée tire des bords.

Maud, Gertrude et moi, à chacune sa croix, à chacune son karma. Trois filles face aux sinuosités des sentiments.

Gertrude court les Grands Prix sans jamais marquer un point, on gagne difficilement sur un mulet.

Maud pilote avec maestria un petit bijou de technologie et va jusqu'à inscrire son nom en gros sur son casque. Elle se conduit comme ces chauffeurs qui collent leur grosse voiture à vos trousses sur l'autoroute, leurs appels de phare vous intiment de vous ranger. Elle y croit, sûre de sa carlingue.

Ne me cherchez pas sur le paddock. Quand les drapeaux à damiers lancent la meute, j'observe la course depuis les stands, le chrono à la main pour admirer la performance.

Gertrude court et perd, je ne cours pas donc je perds.

Au final, nous applaudissons Maud qui fait mousser le champagne de sa victoire. Nos index traquent la goutte égarée que nous séchons derrière nos oreilles. Perdre et continuer à être superstitieux, c'est quand même le comble de la misère.

— Tu es sûre que c'était lui ?

(Je me méprise, mais pas le choix.)

Elle hoche un minois miné.

— Il m'avait piqué mon tee-shirt *I've got the racket if you've got the balls*, tu sais, celui que Sabine m'avait ramené des States. J'aurais jamais dû retourner dans cette boîte homo. Mais bon, il faut me comprendre ! Thibaut était parti voir ses parents en province, c'est ce qu'il m'avait fait croire (sanglots), je me suis dit, Gertrude, c'est pas parce que t'es maquée que tu dois t'encroûter, je voulais juste m'amuser. A un

104

moment donné (sanglots aigus), je suis montée au premier étage parce que j'avais perdu Sabine, j'ai poussé une porte entrouverte et...

Elle hulule son chagrin, désormais. Cette fille a une capacité d'expression assez incroyable.

– ... Il était attaché au mur, les poignets et les chevilles passés dans des menottes en ferraille, il était nu en bas, juste avec mon tee-shirt, un type agenouillé le...

Elle s'interrompt, c'est mauvais signe. Et comment ça se fait que ses lèvres brillent d'un rose vif ? Si elle se farde quand elle est au bord du gouffre maintenant, je vais avoir du mal à la décrypter.

– Ecoute, Gertrude, c'est normal que tu souffres, mais dis-toi que tu t'es trompée. Mieux vaut le savoir maintenant, après tout, votre histoire n'était pas encore inscrite dans le marbre. Il aurait pu te berner pendant le mariage et même avec des enfants, et là, ç'aurait été autrement plus grave !

Elle hurle encore plus fort, à la mort. Je sens que j'ai commis un sale impair.

– Si je suis allée danser, ce soir-là, c'est que je me foutais enfin du regard des autres. Je me sentais forte, je le savais depuis quelques heures. Je m'imaginais lui apprenant la nouvelle, j'avais même acheté un

Polaroïd, je lui disais, et je photographiais sa réaction.

— Tu lui disais QUOI, Gertrude ?

(Parfois, il faut passer par la redondance pour éviter tout malentendu.)

— Que je portais son petit.

Là, je n'ai plus eu envie de rire. Gertrude a dormi là. Je lui ai laissé mon lit, mes repères de la nuit, et ai blotti mes insomnies sur le canapé du salon. A grandes occasions, concessions de taille.

J'entrouvre la porte de la chambre. Une tête de petite fille perce sous le poids de la couette, bouche ouverte et yeux collés. Gertrude récupère, grande brûlée des sentiments.

C'est pas tout ça, j'ai rendez-vous avec Maud.

Les pavés de la ville collés aux basques, je ressasse.

L'image de Gertrude surgit partout, sur la façade grise des immeubles, dans les rétros des motos, les bouches de métro. Dans la nuit, elle s'était accrochée à sa seule certitude : pas question de vider l'enfant avec l'eau du chagrin. Elle allait le garder, moins par conviction religieuse que par lucidité devant son pauvre destin.

Il lui paraissait déjà miraculeux d'avoir fabriqué un petit, la chance avait frappé à sa porte. Même sournoise, c'était sa chance. Il lui fallait se contenter de ce scénario de pauvresse : un bébé conçu par hasard avec un papa interlope.

Au carrefour, un couple s'embrasse et se sépare. Ça pue l'illégitime alentour, les étreintes de sortie de bureau, les passes à l'heure du déj. Certains poussent même le faux jusqu'à mener deux vies de front. Deux femmes, deux fois deux enfants, deux lits, deux comptes en banque, deux couples de meilleurs amis.

Ils tomberont, des années plus tard, pour une broutille, une redevance à la mauvaise adresse, ou une touche bis crachant un numéro de téléphone compromettant.

Les grands terroristes se font arrêter pour une ceinture qu'ils n'ont pas bouclée.

Je marche vers Maud. Que va-t-elle me révéler que je ne soupçonnais pas, celle qui sait ?

Un chauffeur de taxi vient de souffler un glaviot sur une bourgeoise à peine trentenaire (être à la fois jeune et bourge, c'est quand même un de trop). J'ai tout vu. Je peux témoigner que la puante peinturlurée s'est autorisé une queue de poisson, on sent bien que tout lui est dû. Le taxi n'a pas supporté, les taxis ne supportent rien. (Moi non plus, je crois bien.)

Tiens et lui, là, amidonné dans son costume, la trace du peigne tatouée dans une chevelure déliquescente, il baise ? Il baise qui, une Thérèse de passage, à la sauvette, parce que c'est mal ?

Et elle, qui traverse avec un rétroviseur braqué sur le cul, combien de corps la queue dressée a-t-elle vus défiler ? Je la devine pas farouche.

Une heure moins le quart, je presse le pas, je vais être en retard. Maud va me parler. Maud va me parler d'elle. Pour la première fois en quinze ans celle qui sait depuis toujours, celle qui assure, celle qui assume, le modèle exposé dans la vitrine, la forte comme une falaise, la balaise bien aimable, la Maud comme une borne dans mon paysage, va baisser sa garde.

Arrivée en bas de chez elle, j'arrête de respirer, me concentre sur le moment, ferme les yeux même.

Celle que je ne connais pas depuis que je la connais va se révéler.

On pourrait les écrire d'avance, les réactions. Toujours les mêmes.

Le petit village, tête d'épingle sur la carte, abritait un monstre. Un pervers, un rebut humain aux pulsions cradissimes. Il a violé, il a tué en série. Les faits remontent, sont régurgités en caractères gras dans les journaux. Les reporters forcent les récits des voisins récalcitrants, leur pied empêche les portes de se refermer.

Enquête de proximité : le monstre était charmant. Il s'effaçait pour laisser passer, prenait des nouvelles, caressait la tête des petits enfants, jamais on n'aurait pensé.

Et la femme du *serial killer*, intime d'un malade depuis tant de jours et tant de nuits, que ne finit-elle sa vie en plein bush australien, à mille lieues de toute apparence humaine, de ces humains qu'on ne connaît jamais ?

Il est lent, cet ascenseur.

Pas de sonnette sur la porte de Maud mais un heurtoir en forme de main.

Je ne lui demande pas pourquoi elle porte de longs gants noirs en soie, fais même mine de ne pas le remarquer. Surtout, pas de vagues, aller jusqu'à parler du temps, s'il le faut.

Maud présente un visage paisible. Je m'attendais à quoi ? Une expression ravagée à la Gertrude ? Un laisser-aller vestimentaire ? Un flot de confidences sitôt la porte franchie ?

On n'efface pas d'un claquement de doigts une trentaine d'années sous contrôle, même si Maud claque excellemment des doigts, avec souplesse et classe, un résumé d'elle-même.

Je me moule dans un fauteuil et tandis qu'elle débouche une bouteille de graves, observe son visage étal. Rien à signaler. Va falloir ramer. Attendre entre chien et loup. La laisser venir, si elle le veut.

J'entame ma deuxième nuit blanche d'affilée. Le jour d'après percera sous peu. Maud parle toujours, d'une voix égale et monotone, les yeux arides désormais, le regard délavé.

Je l'écoute, complètement, maîtrise mes pensées buissonnières. Plus tard, je soupèserai plus tard l'impensable qu'elle vient de me livrer. Je m'en voudrai plus tard de n'avoir rien vu, rien deviné, rien capté. Plus tard, faudra que je me parle. Deux mots à me dire.

Pour l'heure, ne pas l'interrompre, ne pas freiner le flot, tendre une oreille bienveillante, une oreille qui ne juge pas. Juste être là.

Le petit matin nous trouve endormies main dans la main.

Il me faut flâner un long chemin pour réaliser. C'est comme relire immédiatement un roman policier qui vient de livrer son coupable : les comportements des personnages scintillent soudain à la lumière de la vérité.

Maud et son lourd modèle familial sans tache : fille unique de parents harmonieux et tellement comme il faut.

On devrait se méfier des enfances sans histoires, des parcours impeccables tracés sur la route du bonheur, des voies confortables et orgueilleuses dont sont gommés les bas-côtés.

Maud aurait pu virer junkie, pute ou première de la classe, elle a grossi pour se faire de la place.

Une grosse adolescente dans un monde sans pitié. Grosse pour entrer dans son jean, grosse pour les cours de gym, grosse pour partir en colo.

— Mes parents m'avaient envoyée à Crozon, Finistère, c'était la première fois que je partais sans eux, je me souviens de ma valise lourde des recommandations de ma mère.

L'après-midi, je séchais l'humiliation de la plage pour m'empiffrer de crêpes au chocolat. Les autres s'ébrouaient au milieu des boudins en plastique de la zone surveillée. Je les observais d'en haut. Les garçons entraînaient les filles dans un bunker désaffecté. Les filles craquaient les premières allumettes dans leurs maillots deux-pièces, les garçons tiraient d'un air inspiré sur leur cigarette dont le paquet caché dans leur slip de bain faisait une drôle de bosse.

Depuis mon petit tabouret en bois, je suivais à la trace celui qui faisait cogner mon cœur. Il s'appelait Max. Etait surnommé Mad Max. Il était fou et je défaillais.

La nuit, avais-je entendu dire, il faisait le mur,

démarrait la moto d'un mono en trafiquant quelques fils et filait à la ville flinguer d'autres interdits.

Toutes les filles étaient folles de sa folie, de son air canaille, de ses tee-shirts blancs en pointe *Fruit Of The Loom*, de ses Levi's une taille en dessous dont il oubliait négligemment de fermer le bouton le plus explicite, de son sourire carnassier, de sa façon de se foutre de tout.

En une semaine, il s'était déjà sorti les plus belles, on racontait même que plusieurs d'entre elles étaient déjà « passées à la casserole ».

Les soirs de boum, invisible dans mon coin, je le dévorais, le regardais envoyer valdinguer ses partenaires dans des rocks très physiques dont je me repassais les figures, le soir dans mon lit.

Max régentait tout. Il choisissait les cinq vinyles qui allaient s'enchaîner, ses 45 tours étaient son trésor, personne n'avait le droit d'y toucher.

(Je me souviens qu'à ce moment du récit, Maud s'est levée pour mieux poursuivre. Je me souviens qu'elle a débouché une nouvelle bouteille de vin de graves. Je me souviens avoir pensé qu'on entrait dans le vif du sujet.)

La voix de Maud se barre désormais dans l'aigu :

– C'était le dernier soir, la dernière boum. Je n'avais rien échangé avec Max, pas un mot, un sourire, une insulte, un regard, rien du tout, quand il était là, j'étais tétanisée. Et invisible à ses yeux.

Ce soir-là, toujours planquée dans mon coin, je le buvais une dernière fois des yeux en me demandant comment j'allais pouvoir vivre sans le regarder.

Maud nous ressert un verre.

– Il sort un 45 tours de sa pochette, l'installe sur le tourne-disque, place le diamant avec précision, il se retourne vers moi, me braque, il avance dans ma direction en souriant, mon sang se glace, mon corps de grosse se liquéfie. Il me tend la main. Je me lève en tremblant, réajuste le pan arrière de ma longue chemise difforme, je le suis sur l'intro de *Retiens la nuit*. Le monde entier s'évanouit.

Moi, Maud, je danse avec Max. Maud et Max. Maud Max. M&M. Ces initiales que j'avais gravées partout, à l'Opinel sur la branche d'un arbre, à l'eyeliner sur le mur des chiottes de la crêperie, de la pointe d'un couteau dans la crème Mont-Blanc au chocolat.

« Retiens la nuit, pour nous deux, jusqu'à la fin du monde... » Les slows défilent. Nos corps se moulent. Je le suis dans la nuit, dans sa chambre. Il me déshabille en silence. Je ne suis plus Maud, je ne suis plus grosse. Je suis avec Max que j'aime à en crever. Il me parle maintenant et je découvre sa voix éraillée.

« Tu mets tes mains devant tes yeux. Ne bouge pas, j'ai une surprise. Je reviens tout de suite. »

Plus de graves. Le visage de Maud s'affole, il lui faut se raccrocher à quelque chose. Elle allume une cigarette et aspire la première bouffée comme on respire chez le docteur quand il demande qu'on respire fort. Le plus dur reste à sortir, je le sens.

Maud devient actrice de son propre récit et me prend à témoin :

– Tu m'imagines, Clara, nue sur un pauvre lit ? Tu m'imagines, grosse et nue, allongée sur ce lit, les mains devant les yeux, attendant le retour de Max le maudit ? Pas une seconde, je n'ai pressenti ce qui allait arriver, pauvre gourde ! Je ne pensais à rien, j'étais bien, je n'étais plus Maud, je n'étais plus grosse.

Elle marque un temps qui n'en finit pas, déambule dans la pièce d'un pas lourd. Le dos tourné, elle murmure quelque chose que je ne comprends pas.

– Qu'est-ce que tu dis, Maud ?

Elle retourne un visage défiguré par une violence que je ne lui connaissais pas.

– Jeux de mains, jeux de vilains. La porte s'est ouverte violemment. Ils étaient tous là, les garçons de la colo, quelques filles aussi, ils riaient très fort et ils criaient : « Jeux de mains, jeux de vilains ! » Mes yeux roulaient de l'un à l'autre, j'étais nue, j'étais grosse, je cherchais Max, il était grimpé sur une table et dansait, la main sur le bas-ventre, les hanches lascives, en chantant : « Jeux de mains, jeux de vilains. »

Dans un éclair, je comprends soudain. Les mains magnifiques de Maud jusqu'à l'obsession, ses mains mises en avant, mine de rien, ses mains, épicentre de son humiliation.

Maud se cache le visage désormais. Elle se laisse choir sur le tapis du salon. Dans un sanglot, elle jure que, cette nuit-là, elle a voulu mourir.

Je marche et des larmes me trouent les yeux. Je me bouche les oreilles avec mes écouteurs de baladeur. Sourde aux bruits du monde, je m'isole pour repasser ces deux histoires de désespérance.

L'anarchie gagne mon esprit kaléidoscope. Tout revient en vrac. L'humiliation de Maud se superpose sur l'espoir perdu de Gertrude.

L'eau qui coule achève de brouiller les deux itinéraires. Mes petites sœurs de cœur sont dans la peine.

Je respire mal. J'ai besoin de dormir, de rabattre la couette sur ces douleurs qui me gagnent par procuration. J'appelle un autre jour.

Un champ de bataille atteste au réveil d'un sommeil peu reposant. Quand je dors, je refais le monde. Balaie les injustices, rectifie les tirs, épingle les lâchetés. Mon sommeil est justicier.

Toujours allongée, je repense à Maud. De retour de sa maudite colo, elle s'est durcie puisqu'elle n'est pas morte. Elle seule savait sa décision intime : plus jamais elle ne ferait partie du camp des humiliés.

Le cuisant épisode gravé dans la gorge, elle n'a plus rien avalé. Sa survie passait par là : se délester de ses kilos en trop pour se laver du souvenir cuisant, et renaître avec de nouvelles armes. Elle allait désormais mener sa vie en ayant la main.

Sa famille n'en a rien su, seulement soulagée de voir se terminer l'âge ingrat.

Mes courbatures me rappellent aussi les chaos de Gertrude. Peut-on changer la donne quand on n'a pas décroché la timbale à la naissance ?

A retourner ainsi les heurts de mes amies dans le malheur, j'avais oublié que j'avais momentanément oublié le mien. Il se rappellera, le moment venu, à mon humeur.

Je n'ai pas compris immédiatement. Je n'ai su que ce silence assourdissant. Maud ne répondait plus.

Je détestais mes messages laissés sur son répondeur à l'annonce sèche et efficace. Que dire à quelqu'un dont on vient de découvrir la nudité ? Aucun ton ne convenait à la situation. La condescendance était bien entendu à éviter, même au détour d'une intonation, quand la voix trahit l'inconscient plus qu'il ne faudrait. La normalité surjouée procédait de la même insulte.

Jamais je n'ai trouvé le ton, jamais elle n'a rappelé. Un vide abondamment squatté par Gertrude.

Dans un instinct de survie surprenant, elle avait réussi à gommer le pathos de son histoire et se concentrait sur son petit bout en formation.

Gertrude avait besoin d'une béquille et c'était

tombé sur moi. Entre l'absente et l'envahissante, je me perdais un peu. Il était temps que je parte.

De loin, j'y verrais mieux.

J'aurais aimé aimer prendre l'avion. Je la visualise parfaitement, la voyageuse que je rêverais d'être : la silhouette fluide, elle est habillée du tissu qu'il faut, mi-pratique mi-chic, tout est dans le dosage. Son bagage est léger et efficace. Au final, rien n'aura manqué, rien ne l'aura alourdi inutilement. La peau, toujours hydratée en arrivant. Elle a dormi dans l'avion.

Le taxi roule vers Roissy et tourne le compteur de ma nausée. Paris est glauque derrière les gouttes qui griffent la vitre. A chaque fois je remarque combien les navettes d'aéroport filent à vive allure sur l'autoroute. Dans le meilleur des cas, le chauffeur daigne se lever pour ouvrir son coffre. Jamais il n'omet le supplément bagages.

Tous ces gens que je ne connais pas dans la file serpentine d'enregistrement. Ces étrangers, futurs intimes de la carlingue, uniquement reliés par un risque commun.

Mon ennui résiste aux boutiques hors taxes.

Puisque je vous dis *que c'est la boucle de ma ceinture qui sonne !*

119

La troisième dernière grillée en vingt minutes. Je les regarde se précipiter pour embarquer. Ils doivent aimer faire la queue. Ou ils n'ont pas de place numérotée. On ne leur en a pas donné.

Compris dans l'uniforme des hôtesses de l'air, le sourire. Je suis au milieu d'une rangée de quatre. Plus de place pour ranger mon sac. Reste plus que *Le Figaro*. Je grelotte. La clim.

La puissance me colle au siège. On arrive dans neuf heures et cinquante-huit minutes.

Plus tard, des années-trous d'air plus tard, j'ai franchi une frontière invisible. Ressenti la grosse bascule.

Magiquement, malgré l'air desséché qui menace mes sinus, malgré les impatiences qui taraudent mes jambes lourdes, malgré ma peau qui se fissure, s'immisce en douce un temps qui file impunément. Le temps des possibles prend le dessus.

Bientôt, les premiers pas sur ce tarmac inconnu et cette atmosphère que je balaie d'un regard circulaire. Alors, des milliers d'antennes se déploient.

Un 29 avril, mais cette date ne veut rien dire. Le pays respire en dehors du temps. La météo braquée

beau fixe embellit comme un leurre le surplace éco-
nomique.

Sur les pavés de la petite ville postcoloniale, des
gamins mendient un billet vert, une savonnette, un
Chicklet, puis retournent à leur partie de base-ball.

Les langoustes se dealent sous le manteau, la peur
au ventre. Une Lada revisitée Fiat ébroue sa ferraille
d'un rouge insolent sur des routes débris.

Un village arrivé par hasard.

Des femmes burinées roulent des feuilles de cigare
dans un gigantesque hangar. Deux yeux d'un bleu
profond perforent la pénombre et me braquent. Le
visage parchemin concède finalement un sourire
troué à mon téléobjectif incongru. Dans le viseur,
tandis que je cherche le point, je me demande ce que
cette vieille-là a fait de ses états d'aimer. Si pour elle,
il fut aussi question d'artifices, de rondes d'amour, de
manques, de ruptures, d'abandon ; si sous ces autres
cieux capricieux, cette femme a usé des mêmes res-
sorts, si comme Maud, elle a su depuis le début ou si
comme Gertrude elle a perdu d'avance, ou encore, si
comme moi, elle fut incapable d'essayer.

Je me demande si dans d'autres coins du monde,
il existe d'autres mines de rien.

Sur les hauteurs, au débouché des larges avenues
prétentieuses, un luxueux hôtel interdit aux locaux

nargue la misère. Piscine et billard achèvent un décor ignoré du caniveau. Au bar, quelques notables discutent, sûrs de leurs privilèges.

Plus bas, bien plus bas, une petite rue pavée abrite une file de femmes, carnet de rationnement à la main. Aujourd'hui, il y a tournée de kérosène. Les tickets de carburant se détachent d'un air las, pas plus que ne l'autorise le règlement, moins qu'il n'en faudrait. Besoins fractionnés.

Mais ces femmes possèdent un trésor : elles se payent le luxe de rire. Les mimiques de l'une d'elles servent de détonateur, le fou rire gagne en ligne, ce bout de bonheur, personne ne viendra le leur comptabiliser.

Pourquoi dans ce pays du manque de tout faut-il que je repense à toi ? Tire-toi, t'es pas invité. Tu me déranges, pas ici, pas maintenant.

Nos rires ne voulaient rien dire, tu riais à tout va, avec le tout-venant, j'aurais dû me méfier. Trop de rires, ça veut dire trop d'arrière-pensées. Les excès, ce sont les manques. Tu faisais scintiller tes dents de dandy, j'ai cru que c'était pour moi.

Va-t'en, je ne veux plus t'entendre, plus entendre parler de toi. Tes miettes, disperse-les ailleurs. Elle m'encombrent, tes miettes. La nuit, elles me grattent sous les draps froids.

Et dire que dans tes attentions, j'avais vu des

intentions. Mais non, c'était du vent, tu fusillais tes charmes sur ton chemin, tu allumais, pour l'hygiène. Tu n'aurais pas dû me faire ça, pas à moi, je ne joue pas, je ne sais pas. Pour une fois, j'y croyais, j'avais besoin d'y croire, c'était la bonne, c'était toi, ma pièce manquante.

Tu me souriais, ta lumière m'inondait, j'avais trouvé. Nous étions vaporisés de magie, c'était mon tour, le train arrivait en gare, une place m'était réservée, *si madame veut bien se donner la peine...* C'était si simple, soudain, plus fort que moi, le reste ne comptait pas, poussière de ridicule.

Longtemps, je me suis demandé à quel moment j'avais ripé, j'ai traqué le grain de sable. Ce n'était pas de ma faute, j'ai mis du temps à m'en persuader. T'en avais rien à foutre, tu m'as laissé croire, peut-être même l'as-tu fait en le sachant.

Faut que je rentre, maintenant. L'ailleurs ne guérit pas. Sur le bord de mer inondé de nuit, quelques nymphettes exhibent leurs charmes couleur pêche à la queue leu leu. De la chair contre un repas. Séduire pour survivre.

Et si j'étais née là, et si je n'avais pas le choix ? Je suis malheureuse parce que je n'ai pas d'histoire.

Les chemins du retour passent toujours plus vite. L'inconnu n'excite plus l'impatience, on vole confortablement vers ses repères.

Mes yeux sont soudain attirés par un drôle de trafic. Un couple sort des toilettes de l'avion comme si de rien n'était. La gêne ne les étouffe pas, ils viennent de faire l'amour, ça se sent confusément.

A terre, ils ne se connaissaient pas, j'en suis certaine. Je les avais remarqués, l'un puis l'autre, j'avais assisté à leurs travaux d'approche dans la file d'enregistrement. Je me demande s'ils ont simplement eu envie l'un de l'autre, s'accommodant alors de ces conditions extrêmes ou si la promesse d'une partie de jambes en l'air a été leur principal moteur.

Je les jalouse. Leur envie à peine exprimée et déjà satisfaite. Pas plus d'obstacle que d'enjeu. Brûlées, les étapes de la procédure pour arriver au même télescopage final. Ils n'ont pas eu besoin de minauderies, de peut-être, de prunelles porteuses d'espoir, de frôlements étudiés au gramme près. Le but, point final. Ils regagnent, détachés, leurs sièges aux antipodes de la carlingue.

Ils ne se reverront sans doute jamais, se souviendront de cette frontière clandestine franchie en catimini. Pourvu qu'ils ne racontent à personne. Certaines choses n'ont de sens que dans le secret.

Cette nuit, la dernière passée dans les Caraïbes, ça me revient, j'ai rêvé d'un homme. Sans visage, il tentait en vain de me pénétrer. Ce matin, j'ai ressenti un poids immense sans en identifier immédiatement la cause.

La plaque cuivrée me fait de l'œil. Je passe et repasse, ose parfois un regard. Je suis tombée dessus, dans la rue. Une belle plaque qui brille pour spécialiste éminent. A croire qu'elle m'attendait, qu'elle n'attendait que moi. Elle me sourit, m'incite à entrer. J'hésite, panique, la dépasse et rebrousse chemin. Un de ces jours, j'oserai. Je serais bien inspirée d'oser. Sinon, à force de surplace, je risque de tomber.

Maud fait toujours la morte, Gertrude regarde pousser sa raison de vivre. Aucune n'a de place pour mes soucis. Mon compteur affiche dix bonnes années de retard. Attardée sentimentale ascendant vierge.

Vierge, ce mot comme une gifle. Je le déteste, tressaille quand on le prononce. Je n'ai pas choisi cette innocence. Je méprise, même, ces religions ou ces bonnes manières qui imposent d'arriver imma-

culée au mariage. Au nom de quoi décide-t-on de
tant de vies gâchées ?

Je pense à toutes ces malheureuses, condamnées
à marcher le restant de leurs jours avec des chaussures qui leur font mal aux pieds. Que ne se retour-
nent-elles pas contre leurs bourreaux !

Je n'ai pas su entrer dans la ronde des sentiments.
Je regardais, sans toucher, et repartais rôder dans
l'irréel. J'observais les jolies marionnettes, je calculais
l'issue, tremblais parfois devant des drames qui se
tramaient. Les années se sont empilées, mon âge est
devenu un mensonge. Rien qu'un chiffre creux, vidé
de vécu.

J'ai passé tellement de temps à tenter de comprendre, à observer les couples comme on regarde
une tribu étrangère. Je me suis fabriqué des histoires
pour peupler mon désert. J'ai oublié de vivre, je n'ai
plus que cette plaque de cuivre.

J'apprends le numéro de téléphone par cœur.

J'ai honte. Honte de tout, honte de moi. Jamais
servi. Vieille fille.

A quel âge la fille inexplorée vire-t-elle vieille ?
Sans doute quelqu'un, quelque part, tient-il le grand
registre des statistiques. Je l'imagine, tout-puissant,

prononçant les verdicts. Il examine ma fiche, les lunettes au repos sur le front.

– Voyons, Clara P., mmm, pas fameux ! Quel âge, déjà ? Ouh, là, là ! c'est un cas sérieux ! On est dans le rouge, elle est au moins dix ans au-delà de la moyenne ! Non, vraiment, je ne peux pas faire autrement, je la proclame vieille fille !

Cris déchirants de la condamnée qui supplie dans un dernier sursaut.

Je me méprise et, en même temps, je préférerais mourir plutôt que d'avouer. Avouer quoi, à qui ? Ne me jugez pas, il y a maldonne ! J'étais faite pour aimer, laper, sucer, baiser, embrasser, masser, materner, cajoler, convoler, copuler, calculer, bouder, bêtifier, biaiser, revenir, repartir, jouer, jouir, aider, aimer. J'étais faite pour me faire prendre, tirer, troncher, limer, mettre, niquer. De tous les côtés, par tous les trous, sous toutes les coutures, sur tous les tons.

Pas touche, mais pardon, sainte Nitouche, c'est pas moi. Je raconte des trucs crades à tous les vents, les mots ne me salissent pas, des saloperies plein la bouche, ma langue peut être chargée.

La boue ne m'effraie pas, j'ai trop cherché le marbre. J'étais faite pour une belle histoire, homérique, hystérique, pathétique, sensuelle, charnelle, inédite, magique. Une qui fait bien mal, retourne les tripes, consume les nuits, gomme la mort.

J'étais faite pour tutoyer les étoiles.

Maud a appelé, tellement froide. Caméléon, j'ai adopté son ton. Deux étrangères se sont donné rendez-vous pour le lendemain. Je lui ai demandé de venir chez moi, nous serons en terrain neutre (chez elle, c'est fichu). J'installerai la musique qu'il faut sur la platine. Je tenterai de faire fondre la glace. Je raclerai s'il le faut le fond du pot d'Häagen-Dazs. D'entrée, je constate que Maud a repris sa stature de pierre. C'est la Maud faite pour l'extérieur. Elle m'a offert sa nudité et se calfeutre dans son long manteau blanc. Deux proches qui se jaugent.

Parfois, je me demande comment font les hommes d'affaires pour mener des négociations après s'être côtoyés à la pissotière.

Nous faisons assaut de banalités pour meubler ce silence oppressant. Je la regarde plus que je ne l'écoute. Nous nous battons à duel de rétines. Le ressent-elle comme tel ? Toutes ces complicités présumées qui peuvent si vite virer au malentendu...

J'ai l'impression de la rencontrer pour la première

fois, non, la deuxième, pour la première impression, c'est fait depuis longtemps.

Nous repartons de quasi zéro. J'ai envie de la secouer. Garde tes mines pour les autres ! Je les connais par cœur, les reconnaîtrais les yeux fermés. Epargne-moi tes simagrées. Pas avec moi, Maud.

Un rayon troue le rideau. Un autre jour. Pas fermé l'œil. Courbatures à mon âme.

Je regarde Maud sourire quand elle dort. Un prêté pour un rendu. Elle m'a bien eue. C'est incroyable comme elle m'a eue.

J'en étais à chantonner, tant le courant ne passait pas. Je chantonnais la *numéro 3* de Morcheeba en mon for intérieur. J'attendais je ne sais quoi, que les travaux d'approche se passent. C'est le moment qu'elle a choisi pour décocher une flèche qui a vibré un bon moment après s'être enfoncée droit devant.

– Clara (tiens, elle me parle), Clara, parle-moi ! (Mais bien sûr, veux-tu que je te récite le Bottin ?) Clara, a-t-elle insisté, insulte-moi, frappe dans mes poings s'il le faut. Clara, dégueule tout, maintenant, pleure si ça aide à passer. Pleure un bon coup, je suis là, et si ça te gêne, fais comme si je n'étais pas là. Clara, il faut que tu sortes ce qui te plombe.

Voilà ce qu'elle m'a dit, sans sommations. Puis elle s'est levée, est venue vers moi dans une douceur infinie, presque au ralenti. Elle m'a tendu ses deux mains, m'a levée du canapé, m'a serrée dans ses bras, fort, tellement fort, j'ai pas l'habitude, moi. Ma forteresse s'est effondrée d'un seul coup. J'aurais pas cru. On se blinde, on se blinde, on accumule les stocks de ciment et, soudain, il suffit d'un moineau qui se pose.

J'ai tenté de tenir, de résister, encore et toujours, sur ma lancée, mais la machine tournait à vide.

Tout s'est délité, j'ai vu mon édifice se décomposer comme ces longs alignements de sucres victimes d'une simple pichenette sur le morceau de tête. J'ai vu la scène à la télé, c'était au zapping, comme quoi les chutes sont toujours des moments remarquables. « On a fait sauter une barre d'immeubles dans une cité de banlieue, elle s'est effondrée comme un château de cartes. »

Je ne me souviens pas précisément après quels épisodes lacrymaux nous nous sommes retrouvées dans mon lit, l'horizontal appelle les confidences.

Je la regarde dormir et je n'en reviens pas. J'ai tout dit à Maud. Je l'ai dit à Maud. Je chuchote cette réalité nouvelle dans le noir et mes yeux reçoivent un coup de poignard, ensuite coulent les larmes. Je lui ai dit. Mes mots ont jailli dans un flot haché. Le flux m'a libérée. Mon intime s'épanchait enfin, je n'avais plus peur.

— Il faut que tu voies quelqu'un, seule, tu ne t'en sortiras pas. Je vais te donner un numéro.

Maud ne m'a pas jugée, ne s'est pas réjouie, même intérieurement, je l'aurais senti, elle n'a pas ri, n'a pas pleuré non plus, Maud a eu tout bon. Elle ne s'est pas exclamée, ne s'est pas offusquée, pas de pitié. Au moment où il le fallait, elle s'est levée et a débouché une bouteille de graves.

Le monde continuait de tourner. Maud m'a offert une solution sur un plateau, une plaque de cuivre. Après, seulement après, quand tout était dit, elle a recommencé à s'effeuiller, comme pour rétablir la balance des confidences. Elle a repris son strip-tease là où elle l'avait laissé :

— Tu te souviens de l'épisode Mad Max ?

Elle est allongée et tourne vers moi un visage démaquillé que je reçois comme une offrande.

— Jeux de mains, jeux de vilains ?

— Exactement. La dernière fois, je t'ai raconté qu'en rentrant de ma colo d'ado, j'avais maigri de façon spectaculaire et que je m'étais juré de ne plus jamais me faire avoir. Tu me connais, quand je décide quelque chose, en général je m'y tiens. Ce que je ne t'ai pas dit, c'est combien j'ai souffert, combien je souffre encore de ce cœur étriqué, trop petit. Tu sais, Clara, parfois, j'ai l'impression qu'il s'est ratatiné dans son écrin, qu'il bat là (elle mime le geste), chloroformé dans du coton. Je m'étais promis de reprendre la main, j'ai tenu, je ne l'ai même plus lâchée. C'est la Maud que tu connais, celle qui a l'air, comme ça, de tout contrôler. Je sais bien comment tu me vois (je sens que ce ne sera pas la peine de nier) : une gestionnaire à la tête de ses amours, tu as raison, dans un sens. Souvent, je me penche, fais parler mon décolleté, je consomme sans manières, et je me lasse. Le tout avec détachement.

Elle marque un temps, elle sait très bien faire ça : créer un silence pour donner de la force à la suite. (Vas-y, je t'assure, je suis tout ouïe.)

– Tu vois, Clara, souvent, je repense à la grosse gourde du Finistère. Je lui parle comme à une autre, presque avec tendresse. Tu vas rire (pas si sûr), je crois bien qu'elle me manque ! Je suis la route que je me suis fixée, je m'y tiens, coûte que coûte, mais finalement, qu'est-ce que je ressens, maintenant ? Je n'ai plus jamais saigné, mais je n'ai plus jamais pleuré. J'ai perdu dans ma victoire ce que j'aurais gagné dans mes défaites. Je me suis tarie de tout. Je n'ai plus jamais joui de rien, surtout pas au lit. Je couche avec qui je veux, c'est comme faire l'amour à blanc. (Je m'interdis de penser que c'est déjà ça.) Tu sais, le sculpteur, il était parfait, sur le papier. Je me suis presque aveuglée jusqu'aux fiançailles. Je n'aimais qu'une image. Je ne sais même plus comment ça fait, un cœur qui s'enflamme.

(A nouveau un temps, y aurait-il encore plus important ?)

– Quand je t'ai raconté, l'autre jour, j'ai occulté l'essentiel. Plus que la cicatrice Mad Max, c'est mon remède qui me fait mal. Je suis devenue lisse et tu ne peux pas savoir comme cette nouvelle plastique m'enserre. Aujourd'hui, tu m'écoutes bien, Clara (oui, oui, je suis là, t'inquiète), je signerais immédiatement pour ressentir à nouveau le ressac. J'aspire à la tempête et aux embruns qui vont avec.

Cette vérité-là, je l'avais gardée pour moi. Je t'ai dit la blessure mais je t'ai tu l'armure qui m'oppresse. C'était comme te trahir, t'envoyer sur une mauvaise piste, à mille bornes de moi. En même temps, je t'en voulais de m'obliger à me découvrir encore davantage. Alors, je l'avoue, j'ai fait comme si tu n'existais plus. Tu en savais trop, mais je culpabilisais que tu n'en saches pas davantage. Tu me dérangeais.

Elle ne me regarde plus.

– Un jour, Gertrude m'a dit que tu étais partie

en voyage. Tu penses bien que ça l'impressionne, elle qui ne connaît du monde qu'un hôtel-club des Baléares. En racontant tes périples, elle visualise les visas, elle en attrape presque la tourista, rien qu'en en parlant... (Nous rions de bon cœur.) Elle m'a dit que tu étais loin et j'ai pensé à toi, tout le temps. J'imaginais ton hypersensibilité sous les tropiques. Je sais aussi que tu pars quand tu tournes en rond. J'ai eu envie que tu me fasses voir. Parce que c'est incroyable comme tu ne dis jamais rien de toi et en plus, ça ne se voit pas !

On se connaît depuis combien de temps, Clara ? (Je ne réponds pas, pas la peine.) J'ai soudain eu peur du confort de notre passé commun, on se calfeutre dans les souvenirs, et pendant ce temps-là, on n'écrit plus rien.

Je sens qu'elle me scrute, je laisse le silence s'installer, moi aussi, je sais le faire. J'attends le moment où elle le brisera, je ne l'aide pas, je sais que les mots qu'elle dira alors viendront se tatouer, indélébiles, dans ma mémoire.

— Maintenant, s'il te plaît, il faut que tu me croies : toi aussi, tu vas le faire, je te le promets, toi aussi, tu vas aimer, à en mourir. Tu vas morfler, tu vas souffrir. Tu vas apprendre au moment où je réapprends.

Quand les signes pleuvent comme ça, je cherche qui remercier pour le beau cadeau : la plaque de cuivre de Maud était la même que la mienne. Elle m'a donné le numéro de téléphone que j'avais déjà appris par cœur. Le numéro de Sarah K., sexologue. Je n'ai pas demandé à Maud d'où elle le sortait.

Les petits secrets doivent le rester, surtout entre amies.

– Si tu veux, je t'accompagne, la première fois. C'est juste une visite chez le garagiste pour vérifier si toutes les pièces sont en place. Et si la mécano ne te revient pas, on en changera.

On ne baignait pas en pleine poésie, mais les rimes riches avaient fini de me tenir chaud depuis un bon moment. Il était grand temps d'appeler un chat un chat.

Je n'ai pas aimé sa voix au téléphone. Le ton rude et énergique du spécialiste qui en a vu d'autres. J'ai pris rendez-vous un après-midi, le matin, ce n'est jamais la grande forme. Et si j'appelais Gertrude pour une diversion assurément folklorique ?

Je rencontre son adonis en bas de chez elle. Beau mec, décidément ! Nous échangeons quelques banalités qu'il brise soudain d'un propos allusif.

— Tu sais, Clara, ce n'est pas ce que tu crois.

— Je ne crois rien.

A ce rythme-là, on n'est pas rendus. Il insiste.

— J'ai l'impression que tu me méprises.

— N'exagérons rien. Je pense juste à Gertrude. Je n'aime pas quand ses lèvres font la gueule.

— Qu'est-ce que tu racontes ?

— C'est bien ce que je dis ! Tu n'as même pas remarqué que le moral de la mère de ton futur enfant s'affiche sur ses lèvres. Tu ne sais pas ça de Gertrude et tu vas me faire croire, peut-être, que tu tiens à elle, que tout ça n'est pas arrangé pour ton petit confort social ?

— N'importe quoi ! Gertrude a entamé le sixième mois et je suis à ses côtés, tout le temps.

Il ne va pas s'en tirer comme ça.

— Pourquoi l'as-tu laissée croire ?

— Je n'y suis pour rien, elle s'est chauffée toute seule. Je ne lui ai rien promis, jamais. Depuis le temps qu'on se côtoie, je pensais qu'elle avait capté la situation ! Je lui présentais régulièrement des cousins différents, on riait même de ma grande famille ! Un soir, j'avais trop bu, et comme toujours, c'est elle qui tenait le crachoir. Quand je l'ai trouvée dans mon lit le lendemain matin, enfin, à midi, je lui ai expliqué que cela n'allait pas être possible. Elle a cru que je ne voulais pas m'engager, elle s'est accrochée. Elle refusait l'évidence. Je la retrouvais partout, sur mon répondeur, sur mon palier, pour un peu, elle se serait incrustée jusque dans mes back rooms. Elle s'est fabriqué un film, je lui ai trouvé un rôle. Je ne l'ai obligée à rien, elle a choisi de garder l'enfant, je vais le reconnaître et m'en occuper. Mes parents sont ravis, ils commençaient à se demander...

— Tu me dégoûtes ! Tout ce qui t'importe, c'est de préserver la façade. Je te préviens, si tu n'assures pas, tu auras de mes nouvelles !

— Garde tes menaces pour les vrais dangers. Je te laisse, j'ai rencart.

— Avec ton fiancé du moment ?

— Ça te regarde ?

— Il est au courant que tu vas être père ?

Il a fait mine de ne pas entendre, il était déjà au coin de la rue.

L'enfant de Gertrude aura de grandes jambes.

Elle m'accueille engoncée dans sa salopette. Pour la première fois pourtant, je trouve que Gertrude a du charme, une authenticité qui la rend touchante. Elle est pile dans la vie. Mais, comme toujours, un petit détail la perd. Gertrude porte des tongs. Elle remarque mon regard accroché sur son gros orteil.

— Excuse, ma poule ! (ma cocotte pendant que tu y es), j'ai les pieds boursouflés (je n'ose imaginer le reste), je ne supporte plus les chaussures fermées (tu as raison, aère), tu sais, ma grossesse est compliquée (je t'en prie, ne raconte pas !), je te raconte pas (ça

139

commence mal), j'ai sans cesse envie de rendre, presque six mois que ça dure ! (ça donne envie), en plus (ce n'est donc pas tout ?), le petit m'appuie sur la vessie (au secours !), alors, j'y passe ma vie, aux waters, si tu vois ce que je veux dire (je crains de voir), je ne sais plus où donner de la tête, un coup en haut, un coup en bas (l'andouillette AAAA à midi, j'aurais pas dû), bref, c'est pas la grande forme ! T'as pas croisé Thibaut ?

— Si, pourquoi ?

— Il t'a dit ?

— Ça dépend quoi.

— On a choisi le prénom. Ton filleul s'appellera Jules.

— Tu as abandonné l'idée de Barnabé ?

— Oui, c'était un peu chargé. Nous avons préféré Jules.

— Et si c'est une fille ?

— Pas possible ! On a vu la bistouquette à la télévision.

Et là, je réalise que Gertrude vient de passer une nouvelle échographie.

La clameur me parvient, étouffée. Un son lancinant venu de loin, quelques bordées de sifflets s'en détachent. On me réclame. Mes pas hypnotiques me ramènent vers l'arène. Mon entrée sur scène est saluée d'hystérie. Les guitares déchirent l'atmosphère de leurs riffs efficaces. Le premier coup sur la caisse claire, c'est là que j'attaque. Ma voix s'extirpe de mes entrailles, mes lèvres tutoient le micro. La basse, c'est mon cœur, la batterie, mon moteur. Mes hanches se font lascives, ma rage explosive. Merci pour les lumières, merci les petits cœurs !

Putain, on sonne à la porte !

Je baisse le volume, abandonne mon attitude de rock star. C'est le facteur, le timide, regard en biais et teint rosi par la gêne.

– Vous sonnez depuis longtemps ?

– Oui, enfin, non, c'est rien. C'est un télégramme.

Il tarde à me le tendre.

– Un télégramme, c'est urgent, donc...

– Euh... Oui, signez là !

Je cherche une ou deux pièces de monnaie, trop tard. Il est déjà dans l'escalier, il a fui vers d'autres affrontements. Ils n'ont plus les cachets d'antan, les télégrammes. J'imagine un instant l'époque des pneumatiques (les pneus), quand un chevalier bravait les intempéries, échafaudait des plans de route démoniaques pour amener son trésor vaille que vaille à l'autre bout de la ville, quand il risquait sa vie pour la nouvelle d'un bonheur ou d'une catastrophe.

Je considère le papier bleu administratif, le premier de toute ma vie.

« Tout à l'heure, je serai avec toi. Je te tiendrai la main, de loin. Maud. »

SARAH K., SEXOLOGUE. UNIQUEMENT SUR RENDEZ-VOUS.

Evidemment, sur rendez-vous ! Qui aurait l'idée de débarquer comme ça, à l'improviste ?

J'ignore l'ascenseur, grimpe les marches lourdement, le cœur dans la bouche. Je n'ai qu'une envie, courir, courir vers la sortie, planter là la plaque de cuivre et me terrer sous la couette jusqu'à la fin des temps.

Laissez-moi tranquille, elle n'est pas si mal, ma vie. Elle n'est pas conforme, mais c'est ma vie. Je vois du pays, dors quand je veux, même tard, même mal, même en biais. Si je veux, je ne mange qu'un yaourt, fume une cigarette en pleine nuit, ignore les réveillons. Aucun lien, pas de corset, pas de merci, pas de s'il te plaît.

Je n'ai pas d'amour, mais je n'ai pas de bleus,

mes amis sont là pour les poinçons au cœur. Je ne suis pas en état de manque, moi, je ne demande rien.

Clara, arrête de te raconter des histoires !

Ma salive pèse des tonnes, mes jambes se dérobent, mes yeux s'embuent, je transpire la trouille.

Qu'est-ce qu'elle attend pour ouvrir ?

Je n'ai pas su dire les choses. Je me suis empêtrée.

Elle a sorti son formulaire. J'ai décliné mon identité, mon âge. J'ai insisté sur mon âge en espérant qu'elle comprendrait. Mais non, pas de cadeau, fallait que je formule.

Je la calculais en tournant autour de mon pot. Je ne pensais pas qu'elle serait si vieille. Mais après tout, on fait l'amour depuis toujours, il paraît même que ça n'évolue pas tellement.

Elle attend que je lui explique, elle n'a pas que ça à faire, d'autres patients, d'autres blessures suivront. Je n'y arrive pas, rien ne sort. Elle me regarde droit devant, n'exprime rien, juste un air... pénétré, c'est exactement ça, pénétré.

— Je ne parviens pas à être pénétrée.

— Déshabillez-vous, je vais vous examiner.

La garagiste enfile ses gants élastiques. Manque

144

plus que la lampe frontale. J'en aurais probablement ri, nue comme un ver, les jambes à l'équerre, si je ne jouais ma vie.

— Ça s'appelle du vaginisme. Une contraction douloureuse du muscle du vagin, comme un réflexe qui empêche toute pénétration. Cette pathologie est assez fréquente, d'origine organique ou psychologique. Détendez-vous (elle en a de bonnes), je vais essayer tout doucement d'introduire cet instrument. Vous réagissez si je vous fais mal.

— Qu'est-ce qu'elle a dit, après ?

— Elle a juste dit : « La voie est libre. » C'est dans ma tête, Maud, que ça coince. C'est mieux, mais c'est pire.

— Tu y retournes quand ?

— La semaine prochaine.

— T'en penses quoi ?

— Qu'il va falloir explorer pas mal de sentiers.

— Tu te sens prête pour la route ?

— Je n'en sais rien. L'important, j'imagine, est de regarder au loin.

— Tu viens te balader ?

— On fera un flipper ?

— Ça marche. T'as besoin d'extra-balles.

Ce même rituel m'amuse ou me met mal à l'aise, c'est selon. Ce rideau tiré sur la salle d'attente pour éviter le regard du patient suivant. Etre vu chez le sexologue comme une maladie honteuse.

Parfois, j'entends des bribes d'intimité à travers la porte. Des pièces de puzzle pas à leur place. Où sont-elles, les anomalies des autres ?

Quand sonne devant moi le téléphone du docteur K., je n'en perds pas une miette. Mes cousins de misère, sentimentale ou sexuelle, appellent à la rescousse.

J'aime bien quand Sarah K. me raconte des histoires vraies et anonymes. Comme ce couple venu la consulter après douze années de mariage. Ils ne parvenaient pas à faire l'amour, en avaient pris leur parti, jusqu'au jour où ils ont voulu un enfant. Restait, pensaient-ils, la procréation artificielle. Sarah K. a repris le problème à la base, les a amenés à se raconter, s'appuyant sur l'un lorsque l'autre flanchait.

Le docteur Sarah K., sexologue, ne triche pas. C'est pour ça qu'elle m'énerve et que je continue à aller la voir.

Maud a tellement insisté que j'ai fini par l'accompagner à une fête dans une grande maison avec piscine. L'anniversaire de quelqu'une dont je me fous.

Maud aime à fréquenter la jeunesse dorée, c'est sa partie d'ombre qui scintille, elle aime frayer avec ces tout juste pubères revenus de tout sans être jamais allés nulle part.

Lorsque nous arrivons, ils ne nous remarquent même pas, trop occupés d'eux-mêmes.

Des gamines à l'aise dans leur peau dorée jouent à la vie avec mépris, ça doit pas être pratique cette moue perpétuelle. Elles tuent le temps dans leurs maillots de bain confettis, bouts de tissu hors de prix extorqués à leurs vieux, qui s'en remettront. Une starlette a même poussé le minimalisme jusqu'au string. Faut vraiment être paumé pour montrer ses fesses à tout le monde.

Les corps confinent au parfait, ont-elles seulement entendu parler du Nutella, ça pue l'anorexie autour du bassin bleu éclairé de l'intérieur.

Les garçons pas finis affichent la panoplie totale : voiture rapide de papa et portable à portée d'impatience, une existence facile à travers des lunettes noires qui ont coûté bonbon.

Ça doit chauffer sévère sous leurs caleçons. Si

seulement leur venait l'appétit, car, à trop montrer, ils ont perdu l'envie.

Les bols de poudre blanche circulent avec opulence, mais sans ostentation. Normal, ils sniffent comme on respire, à croire qu'elle n'est pas si belle, leur belle vie. Ils en ont eu à peine les préliminaires, et c'est déjà l'overdose.

Même dans la représentation de l'amour, faut pas leur en raconter : les couples sont archi-codifiés, quelque chose me dit qu'ils se sont tous essayés avant de très vite se lasser.

Entre chien et loup, ils se sont absentés sans sommation, et sont réapparus parés pour la nuit. Les mêmes, en robes noires au patron unique et pantalons blancs à pinces identiques.

L'étrange ballet a commencé à la nuit noire. Dans un rituel qui paraissait établi depuis toujours, ils se sont masqué les yeux d'un bandeau blanc et se sont lancés dans une hallucinante ronde en braille.

Le but du jeu a fini par m'apparaître : se choisir sur le simple toucher, laisser parler sa peau dans une grande loterie sexuelle. Ils n'avaient pas l'air malins ainsi à l'aveugle.

C'est alors que j'ai remarqué Maud en train de se faire tripoter. J'étais la seule à avoir conservé la vue et ce que je voyais me dépassait totalement.

– Qu'est-ce qui vous a le plus dérangée dans cette scène ?

Les yeux bleus de Sarah K. me perforent. En général, je préfère les yeux verts, mais je dois avouer qu'un regard azur est assez efficace pour paraître transpercer l'âme d'en face. Je sens bien qu'elle ne se contentera pas d'une réponse passe-partout, mais j'essaye quand même.

– Tout ! C'était tout ce que je déteste.

– Si vous pouviez nommer précisément les choses, nous avancerions...

J'aime bien quand Sarah K. s'associe à mes mésaventures. Au prochain rendez-vous galant, lors de ma prochaine nuit impénétrable, je l'emmène avec moi.

– Tout était faux, artificiel, fabriqué pour l'extérieur.

– C'est exactement la définition de la séduction, l'image qu'on se fabrique avant de se regarder dans le miroir.

– Je suis mal barrée, alors ?

– C'est pour ça que vous êtes là. Pour en parler, pour changer votre façon de voir les choses. Vous partez battue, comment voulez-vous que l'autre vous donne une chance ?

— Je ne pars pas battue, je ne pars pas du tout.

— Refuser l'obstacle, c'est une autre forme de défaite.

— Mais comment voulez-vous que je m'en sorte, face aux professionnelles enamourées, aux imbattables du battement de cils et de la démarche chaloupée ?

— Vous possédez d'autres arguments, mais il vous faut un service minimum pour inciter l'autre à y accéder. Un petit pas grand-chose qui peut tout changer. Je vous demande simplement de vous entrouvrir, de laisser un espace aux opportunités.

Je ne sais pas pourquoi, mais je me suis un peu crispée devant ces belles paroles.

— Elle est facile, la vie, avec vous ! Il est où, votre catalogue de recettes pour délaissés sentimentaux ? Vous n'avez qu'à me faire des photocopies, ça ira plus vite et j'économiserai de l'argent ! C'est ça, votre job, une espèce de blabla universel pour paumés de tout poil ?

Plus je parlais, et plus je fabriquais de la colère, une rage plutôt, accumulée le long de toutes ces années d'impuissance. Elle pouvait bien la ramener avec son savoir académique, elle pouvait bien me fouiller de son regard pénétrant, elle ne m'impressionnait plus.

Le docteur Sarah K., sexologue avec plaque de cuivre, allait payer pour tous les autres.

— Et vous, votre vie sentimentale, vous en êtes fière ? Combien de compromissions à votre passif ? Ça doit commencer à chiffrer, vu votre âge ! Vous n'allez pas me faire croire que vous n'avez jamais laissé parler vos ovaires, que vous ne vous êtes pas, vous comme les autres, traînée à quelques pieds pour réchauffer votre lit ! Combien de nuits sans amour, de tricheries le bas-ventre en feu ? Et vous me demandez de m'entrouvrir ? Faudrait que j'écarte les cuisses pour laisser passer la médiocrité ? C'est ça, que vous voulez, que je me fasse troncher au nom de l'ouverture d'esprit peut-être ? Eh bien non, c'est raté ! Moi, je suis terriblement étriquée, que voulez-vous, recroquevillée sur mes pauvres petits principes ! Si je n'aime pas, je n'essaye même pas, c'est ridicule, hein ? par les temps libérés qui courent ! Mais attendez, vous n'avez pas tout entendu, ça se complique encore ! Quand je n'aime pas, je n'y vais pas et quand j'aime, je n'y vais pas non plus car je ne montre rien. Vous êtes mal tombée avec moi ! Va falloir que vous potassiez sérieusement vos manuels de solutions toutes prêtes, je vous conseille même de ne pas rater les alinéas parce que des patientes comme moi, je ne vous en souhaite pas tous les jours ! Et puis d'abord, est-ce que...

– C'est l'heure. Votre séance est terminée. Trois cents francs, s'il vous plaît.

Rien ne dépasse, pas même la tête. Mauvais signe. Mon désespoir est enfoui au fond du lit, par-dessus cet orgueil tenace qui m'intime de cacher mes bobos aux yeux du monde. L'armure n'est jamais aussi blindée qu'en ces temps d'ouragan.

Je suis restée ainsi calfeutrée deux jours entiers. Le téléphone n'a pas sonné, ou alors je ne l'ai pas entendu. J'aurais pu mourir, personne ne l'aurait su.

« Le corps d'une jeune femme a été retrouvé dans le XVIIIe arrondissement de Paris. Les voisins ont senti une odeur pestilentielle et ont prévenu les pompiers. Clara P. était morte depuis deux semaines. Un nouveau drame de l'indifférence dans les grandes villes. »

Le surlendemain matin, j'ai sorti une main pour brancher la radio. Je suis tombée sur un morceau de Morcheeba. Je me suis dit que tout n'était peut-être pas perdu. Je puise parfois des ressources insoupçonnées dans des petits riens.

— Bonsoir ! (Quelle est cette voix qui s'écoute parler ?) C'est Sabine à l'appareil ! (Evidemment, à l'appareil, elle est bien en train de me téléphoner, que je sache !) Sabine, l'amie de Gertrude ! (*Damned*, c'est « lèvres en feu » qui m'appelle, qu'est-ce qu'elle me veut, et d'abord, comment a-t-elle eu mon numéro de téléphone ?) J'ai trouvé ton numéro dans l'agenda de Gertrude, je l'ai piqué pendant qu'elle prenait son bain.

— Oui, et alors ?

Je suis assez forte pour rafraîchir les enthousiasmes.

— Tu ne devines pas ?

(Non, j'ai pas que ça à faire.)

— Non.

— Surprise !

Elle a une façon d'expirer les syllabes comme si elle frôlait l'orgasme.

— Quoi, surprise ?

— Je lui prépare un anniversaire surprise ! Samedi prochain, on dîne ensemble, elle et moi. Enfin, qu'elle croit ! En vrai, vous serez tous là, Thibaut,

Maud et toi, plus évidemment le bébé que porte Gertrude mais je ne le compte pas ! (tellement d'esprit, avec ça) ah... ah... ah... (elle ne rit pas, elle part en vrille).

— Désolée, samedi, je ne peux pas.

— Tu ne peux pas faire ça à Gertrude !

— Dis donc, toi, c'est comment, ton nom, déjà ? Le jour où j'aurai besoin de tes conseils, je t'appellerai à l'appareil. Je n'ai pas ton numéro, mais en tapant 36 15 code Traînée, je devrais pouvoir te trouver.

J'ai raccroché avant qu'elle ne mugisse.

Je suis arrivée avec des fleurs. J'ai mis le paquet, un bouquet rond sublime comme je n'en ai jamais reçu. Tant mieux, les fleurs, ça me fait éternuer.

Elle l'a pris, m'a remerciée, sans plus, sans sourire, sans surprise, j'ai senti qu'elle m'en voulait, c'était la moindre des choses.

— Pardonnez-moi pour l'autre jour, je crois bien que le malheur me rend méchante.

Sarah K. s'est levée, a fait quelques pas comme si elle visitait son cabinet pour la première fois. Elle s'est rassise, a inspiré profondément, m'a demandé de l'écouter sans l'interrompre. J'ai obtempéré d'un simple mouvement de tête.

— J'ai soixante-sept ans dont près de quarante passés à sonder l'intimité de toutes sortes de gens. La sexualité est la chose la mieux partagée au monde, plus que le pain, plus que la foi. La sexualité abolit les frontières, ignore les races, transcende les conditions sociales. Et ça dure ainsi depuis la nuit des temps. L'humanité a accompli des pas de géants dans le domaine de la médecine, de la science, de la technologie. L'homme a marché sur la lune, on voyage plus vite et plus loin. Pour les sentiments, en revanche, on n'a quasiment pas avancé depuis l'Antiquité. On régresse même, par périodes. Qu'est-ce que vous croyez ? Vous n'êtes pas la seule au monde à vous heurter aux murs d'un labyrinthe ! Aimer reste la plus incroyable des aventures humaines. On en est tous au même point, ceux qui disent le contraire sont des menteurs, ceux qui montrent le contraire, des simulateurs. Chacun canalise ses pulsions comme il peut, navigue entre désir et pollution du désir. J'ai connu des cas autrement plus dramatiques que le vôtre. Je sais, ça ne vous consolera pas.

Je ne bronche pas, la fixe à m'en tuer les rétines.

– Ce n'est jamais facile de s'ouvrir à un autre, de s'exposer dans sa nudité physique et mentale. Alors, chacun cherche. Toute rencontre est un défi aux probabilités. Emprunter le même chemin à la même heure, être suffisamment disponible pour remarquer la tête de l'autre qui dépasse, espérer que l'autre en fasse autant au même moment, se trouver et ne plus se perdre, partager ses envies, ses grasses matinées, sa salle de bains, et prier pour communier dans l'alchimie des peaux. Après, arrive le combat contre la rouille et aussi les sollicitations, les mirages des aguicheurs. Et les routes trop parallèles.

Elle marque un temps que je respecte évidemment.

– Vous aviez raison, l'autre jour. Souvent, on n'est pas trop regardant pour que le corps exulte. Les prunelles s'allument avec l'idée fixe de ne pas être seul quand les lumières s'éteignent. On fait ce qu'on peut, mais au moins, on vit. Avec nos failles, nos lâchetés, nos peurs, nos zigzags. Vous, vous avez renoncé. Je ne sais pas pourquoi, peut-être le découvrirons-nous ensemble. Je vais vous dire franchement, votre carte est assez jolie à jouer ! J'en ai connu qui n'avaient pas grand-chose à faire valoir. Et qui finissaient par tomber sur un autre mal doté. N'avez-vous pas remarqué que certains couples fusionnent jusqu'à se ressembler physiquement ? Ils parcourent la route ensemble, le chemin les mâtine à l'identique, au départ, pourtant, ils n'étaient que deux voyageurs parmi tant d'autres. Ils ont pris le pari du partage, pourquoi pas vous ? Alors, vous allez me faire le plaisir de tenter votre chance. Je veux que vous vous exprimiez, que vous vous découvriez à l'autre, pour en savoir plus sur vous-même.

On a sonné à la porte, le temps qui m'était imparti touchait à sa fin, j'ai sorti mon carnet de chèques comme une automate. Sarah K. s'est levée pour tirer le gros rideau rouge sur l'identité de son prochain patient. Elle m'a serré la main un peu longuement, m'a-t-il semblé, et sur le pas de la porte, elle m'a lancé :

– Tiens, au fait, puisque ma vie vous intéresse, j'ai divorcé à l'âge de soixante ans. Je ne supportais plus mon mari.

– Chut ! J'entends du bruit dans l'escalier !

Nous arrêtons de respirer, l'oreille bionique. Les pas poursuivent leur chemin. Fausse alerte. L'obscurité favorise les fous rires. Thibaut, Maud et moi, blottis dans l'attente.

Gertrude et Sabine ont dîné ensemble. Sabine attire Gertrude chez elle pour un dernier verre. Sabine doit rentrer la première et allumer la lumière. C'est là que nous surgissons.

– Pourvu qu'elle fasse pas une fausse couche !

C'est Thibaut qui a parlé sans que l'on sache très bien si pointait le sarcasme ou une réelle inquiétude. Qu'importe, ce n'est pas le propos, ce soir. L'heure est à la grande indulgence. Gertrude ne franchira pas ses trente ans en passagère clandestine et c'est ça qui compte.

Une clé dans la serrure. Nous nous raidissons de concert. Tout va bien. Je devine Sabine qui entre la première. Elle va... elle allume ! Nous hurlons un « Joyeux anniversaire ! » à s'en arracher les amygdales.

Gertrude reste pétrifiée dans l'entrée. Statue de sel dans sa salopette en jean. Ses yeux roulent de l'un à l'autre (elle va se coincer les globules), si nous avions été cinquante, elle nous aurait tous calculés, pareil. Un sourire enfantin se dessine enfin sur sa bille de clown. Aucun son ne sort de son émerveillement.

Thibaut fait exploser une bouteille de champagne et la lui déverse sur la tête. Les bulles se mêlent aux larmes. Gertrude colle son Rimmel ruiné sur nos joues. Elle est heureuse.

On peut dire qu'ils se sont trouvés. Un petit cul moulé et le devant délavé où il faut, de gros seins en écho à de grosses fesses, Thibaut et Sabine font la paire. Avec eux, la piste va finir par prendre feu. Gertrude fait ce qu'elle peut, engoncée dans sa grossesse. Maud irradie, comme d'habitude, tellement facile, dans un jean kaki de surplus, aux poches latérales si gracieuses.

Et moi qui pour une fois ai brisé la bulle.

La cigarette magique de Thibaut a aplani le terrain. Avant de sortir, le beau gosse a extirpé de sa poche avant une petite boulette, l'a chauffée de la flamme de son briquet — « *Absolutely fabulous* –, a mouillé d'une langue gourmande le papier d'une cigarette tapée à Sabine, a mélangé amoureusement du tabac et du shit.

— Et ta promesse d'arrêter de fumer pour l'enfant ? s'est énervée Gertrude.

— Laisse couler, c'est du bon ! a répliqué Thibaut.

Puis il a roulé de ses doigts experts, a emprunté le Bic planté dans le chignon de Sabine, a tassé, a secoué, fait un nœud de papier au bout de sa création, et a tendu le joint à Gertrude.

— A toi l'honneur !

— C'est pour quoi faire ?

Chacun a inhalé en ronde dans son propre style. Gertrude par petites bouffées méfiantes et toussotantes, Thibaut du tréfonds de ses poumons, Maud avec indifférence et Sabine de l'extrême bout de ses lèvres brillantes.

— Ça ne me fait rien ! a hurlé Gertrude dans l'escalier, offrant un démenti immédiat à tout le quartier.

J'étais lancée sur ses talons, je trouvais qu'elle n'avançait pas assez vite. Toujours courir dans les coursives des parkings, la nuit, quand menace l'imminence d'une attaque au bazooka. Accrochée à la rampe, je volais, gonflée d'insouciance.

– Qu'est-ce que tu dis ?
Coincée sur moi dans la voiture bringuebalante, Sabine répète, plus fort :
– Je ne t'en veux pas !
J'en étais encore à spéculer sur le sens précis de sa confidence (mais pourquoi m'a-t-elle dit ça, pourquoi ?), quand Thibaut a serré le frein à main devant un entrepôt du bout de la ville qui paraissait bouillir d'un son impatient.
J'ai beaucoup ri en pensant que Gertrude avait bien fait de laisser tomber ses tongs pour un soir.
– Eh, Gertrude, heureusement que tu n'as pas mis tes tongs ! (Qu'est-ce qu'il me prend de dire à voix haute ce que je pense ?)

– C'est incroyable comme vous êtes grand ! ai-je lancé à un type en levant la tête.
Mon regard s'est arrêté à mi-parcours sur le tee-

shirt du géant. Il était écrit, je le jure, je peux cracher immédiatement s'il le faut, sur son tee-shirt, il était écrit en lettres stylisées : 36 15 CODE TRAÎNÉE.

Je m'en serais démoli le front en le frappant du plat de la paume, mais c'est bien sûr ! Je comprends ce que voulait dire Sabine dans la voiture ! Elle ne m'en veut pas de l'avoir envoyée bouler l'autre jour au téléphone ! Sherlock, qu'on me rebaptise sur-le-champ Sherlock !

Tout cela m'avait quand même fortement fatiguée. Je suis allée visser mon séant sur un tabouret de bar.

Les yeux fermés, je laisse vivre mes bras au-dessus de ma tête. Je ne pense à rien, pense que je suis bien. Je capture l'espace, depuis des heures, il me semble. Les milliers d'autres saccadés n'existent pas, je ne sens qu'une immense vibration commune.

Un coude me transperce les côtes. C'est Maud qui m'indique Sabine du menton. La traînée n'a pas perdu de temps, elle fait hanches communes avec un grand Black tout à fait chauve.

Je pars d'un grand rire de gorge, soudain, j'ai soif, c'est fou comme j'ai soif, le Sahel assèche ma salive.

Un blond peroxydé se trémousse justement un

verre à la main, je le lui arrache sans plus de manières et étanche mon désert. L'instant d'après me relance dans ma transe, je replonge. Je voudrais une vie comme un morceau de techno, ne rien conceptualiser, juste épouser les courbes, s'y lover quand elles se présentent. Laisser mon corps prendre les commandes. Insister dans la répétition hypnotique et finir par m'oublier.

Lorsque je soulève à nouveau mes lourdes paupières et que je tente une mise au point derrière des lentilles lourdes comme des pierres, la vue est imprenable.

Un sourire me fait face, tellement proche que je sens un souffle. Je lui rends la pareille, pas de raison, un aussi joli garçon, pas de raison de ne pas lui sourire. Il se colle à moi et c'est normal. Nous soudons notre rythme comme une évidence.

Vautrés sur une banquette, nous nous explorons en silence dans une explosion de décibels. Le DJ porte l'estocade. Notre recoin de pénombre est troué régulièrement d'un faisceau de spots tournants.

Il me semble reconnaître Sabine au loin, je la considère avec indulgence. Là, tout de suite, je serais capable d'aimer le monde entier.

– On sort ?

J'acquiesce d'un mouvement de tête. Il me prend la main, nous fendons la foule des corps mécaniques, il trace le chemin, mon aventurier, à coups d'épaule dans cette jungle humaine.

Le froid nous saisit. Il m'offre son casque. Nous chevauchons la ville encore endormie. Je plaque mes paumes sur ses pectoraux. J'aime cette vitesse qui malaxe mon visage. Aux feux rouges, il se retourne pour me sourire.

La promesse de l'aube baigne son duplex sur les hauteurs de Ménilmontant. Il ne me lâche pas la main quand il ouvre la porte. Un matelas sur la terrasse.

Ses mains qui me redessinent, sa langue qui m'ausculte. Je ne pense qu'à ça. Lui et moi. Lui en moi. J'y aspire de toutes mes forces, l'appelle de tous mes sens. Je donnerais ma vie pour qu'il entre enfin, pour qu'il ouvre une voie, qu'il grimpe mon Himalaya.

Il dort. Le soleil éclabousse son buste. La douce lumière pointille la scène. Sur l'ardoise de la cuisine, j'ai écrit à la craie : « *Presque... Clara.* »

Je jette un dernier regard circulaire sur ce moment

irréel et tire doucement la porte. Il faut que je la voie.

— Je pense que vous n'y êtes pour rien.

— Comment ça ?

— Il avait bu, m'avez-vous dit, l'alcool n'aide pas à la performance.

— Comment être certaine que ça venait de lui ?

— Le meilleur moyen de le savoir, c'est de retenter votre chance.

— Mais je ne connais même pas son prénom, et je ne suis pas certaine du tout de retrouver son adresse.

Le sourire du docteur K. se fait malicieux.

— Avec lui ou un autre...

J'ai flâné pour rentrer. Mon sommeil pouvait bien attendre encore un peu. Sur le dos d'un kiosque, la une d'un magazine promettait en exclusivité les photos de la nouvelle conquête de l'animatrice de télé Angélina Marty : « *Angélina aime Patrick.* »

J'avais déjà remarqué en zappant cette blonde atomique. J'avais été bluffée par ce grand esprit déambulant en prime time dans un décor design, la jupe au ras de la carlingue et le sourire suggestif quand elle lançait la pub.

Une de ces impostures qui existent par l'image, leur minois capturé dans la lucarne rebondissant en photo dans les endroits à la mode.

Les *people* paraissent d'ailleurs ne vivre qu'entre eux, on voit toujours les mêmes dans les soirées shootées par des photographes gluants, les vedettes tournent à une cinquantaine à tout casser, et encore, on sent bien que certaines d'entre elles ne sont que tolérées dans ce pinacle superficiel, ça veut dire en sursis, vieillies prématurément.

Dans ce monde rutilant mais sans pitié, on décote assez vite, l'oubli est à la mesure du couronnement, fulgurant. Le métier d'Angélina Marty consiste à être connue. Un job à plein temps, pas de vacances exemptées de mises en scène.

En faisant ainsi la une d'un journal consentant, elle venait de marquer de précieux points, bredouiller quelques mots écrits par un autre de l'ombre sur un prompteur risquait de se révéler un peu juste pour se maintenir à flots, il lui fallait nourrir l'histoire. En étalant ainsi sa romance présumée, elle repoussait pour un temps une fille encore plus fraîche et encore moins farouche qui trépignait déjà sur le paillasson du directeur des programmes, le danger était permanent. Cette idylle naissante avec une célébrité incontestable n'était pas du luxe.

Angélina avait donc été « surprise » par un paparazzi sortant d'un grand hôtel avec son amant. Quelque chose me disait qu'elle n'était pas étrangère à la mise en scène, elle s'était choisi un footballeur, la valeur sûre du moment.

La nymphette d'après pouvait se faire des cheveux blancs. La suite parlerait probablement de projets de mariage puis de rupture fatale. On allait, un de ces jours, apercevoir le visage démaquillé et les yeux bouffis d'Angélina tentant de surmonter sa peine sur une plage avec une amie (amie de vedette, faudrait penser à s'y pencher).

La présentatrice accorderait alors un entretien exclusif au même journal pour jurer que désormais, on ne saurait plus rien de sa vie privée, qu'elle était fatiguée des flashes, qu'elle avait beaucoup mûri et qu'elle entendait se consacrer enfin à sa vraie vocation : l'écriture. Il existerait même un éditeur pour publier ses mémoires, écrits à l'âge de vingt-quatre ans.

C'était une de ces journées où le ciel hésite entre averses et éclaircies. J'étais raccord, mon humeur fluctuait entre espoir et découragement, j'invoquais la faute à pas de chance, mais maudissais mon insupportable surplace. La fatigue m'a rattrapée en bas de la rue Lepic. J'avais intérêt à préparer un long poème pour les six étages. Quand j'ai poussé la porte, une voix me parlait. J'ai couru vers le répondeur.

– Allô ! Oui, je suis là, ne quitte pas, Maud, je me pose, j'arrive à l'instant !

– Qu'est-ce que t'as foutu ? Je t'ai appelée toute la matinée ! Gertrude est à l'hosto.

Une odeur d'éther me soulève le cœur. A croire qu'ils le font exprès, dans les hôpitaux. La souffrance des horizontaux ne suffit donc pas, qu'on leur inflige, en plus, de respirer cette odeur nauséeuse ? Peuvent pas parfumer, je sais pas, moi !

Et les murs, les murs, sont-ils condamnés au sinistre ? Mon dernier repas commence à dater, mon dernier sommeil remonte à la dernière guerre, dans l'escalier, ils ont fait l'impasse sur les rampes, chaque marche est un calvaire. J'ai renoncé à l'ascenseur, obstrué par un lit roulant.

Gertrude somnole, livide, l'avant-bras troué d'une perfusion. Maud veille, stoïque, sur une pauvre chaise collée au lit, elle tourne vers moi un regard cerné.

Dans le couloir, elle me fait le récit de la nuit :

— Vers quatre heures du matin, Gertrude s'est tordue de douleur sur la piste. J'ai cru qu'elle faisait semblant, qu'elle était encore stone. Un cercle s'est formé autour d'elle, tout le monde trouvait ça génial de la voir se rouler par terre, les gens l'acclamaient. Quand elle s'est mise à hurler, j'ai compris que c'était du sérieux.

— Où était Thibaut ?

— Volatilisé. Sans doute avec un oiseau de passage. Je n'ai pas encore réussi à le joindre. Sabine était quelque part à la colle avec son Kojak des îles. Toi, je t'avais perdue de vue depuis un bon moment. J'ai appelé le Samu.

— Mais alors, qu'est-ce qu'elle a ?

— Elle a que son enfant est pressé de sortir. L'appel de la techno, va savoir ! Gertrude a eu ses premières contractions. Ça va aller mais elle doit rester couchée jusqu'au terme.

— Le jour de son anniversaire, tu te rends compte ! Cette fille n'a vraiment pas de chance !

Il ne faut jamais tendre de perche à Maud.

— Et toi, ça s'arrange ?

Je déteste ce temps qui me rattrape. Cette farce et attrape qui me fait marcher. Voilà longtemps que j'ai contracté l'herpès du temps qui passe. Le virus resurgit quand on ne l'attend pas, la moindre fragilité le tire de son sommeil.

Au milieu du printemps, les promotions *valables jusqu'au 30 juin* entendues à la radio sonnent l'imminence de mon anniversaire. Un nouveau chiffre se profile qu'il me faudra encaisser.

Régulièrement s'avancent des chiffres ronds comme d'immenses panneaux sur ma route chaotique. Qu'ont-ils de plus, les chiffres ronds, qu'ils sèment ainsi une si belle panique ? Ils sont ronds, voilà tout, ils font le gros dos, les fiérots. Ils sont facilement retranchables, calculables, ils sont faits pour les bilans.

A nouveau mon agenda qui réclame sa dose annuelle, acheter les semaines de l'année prochaine.

Jamais je n'omets de relire les éphémérides écoulées avant rangement sur l'étagère. Je repasse l'année envolée, je considère les dates comme on projette des diapos.

Ces prénoms rayés pour rendez-vous annulés. Les numéros griffonnés dans la marge et jamais rappelés, les invitations à dîner (tiens, c'est vrai, j'avais oublié !), on oublie vite. Tels événements sélectionnés ont eu l'honneur d'être dupliqués sur une feuille à part, la liste d'exception où je retranscris soigneusement les dates importantes.

Je tente de trouver une logique à l'extraordinaire. Peut-être la bonne fortune a-t-elle ses habitudes : elle raffole de l'été, des mois en R, des nuits de pleine lune... A moins qu'elle n'obéisse à des règles banalement mathématiques, ne daignant se pointer que toutes les vingt-quatre semaines, en méprisant, si ça se trouve, les années bissextiles...

Il se pourrait aussi qu'un jour soit particulièrement porteur : le mardi. C'est vrai, j'ai cru remarquer de bonnes ondes, le mardi ! Je cherche, je fouille, enquêtrice de ma propre vie. Je soustrais, aussi, tente d'estimer à la louche l'espace-temps qui me sépare de tel souvenir.

Déjà ! Je réalise que le 3 septembre d'une année qui commence à dater, j'ai embrassé Jonathan Blême à l'arrière d'une voiture, mon premier baiser volontaire.

Ma mémoire a faibli, l'image a mal vieilli, s'est jaunie. Surtout, l'agenda de ma vie attend toujours une autre date. Je cours après, c'est mon sens unique, ma signification ultime, cette date à inscrire. Celle où je ferai l'amour pour la première fois.

Depuis le temps, j'ai eu le temps de détester l'expression. *Faire l'amour.* Peut-on aussi le défaire, alors ? *Faire l'amour,* comme on dit : *faire la vaisselle, faire un bilan médical, faire pipi* ou : *faire un jogging.*

Je ne sais pas, je ne sais rien, mais je sais que je n'ai pas envie de faire. Envie d'être plutôt. D'être bien, d'être en phase, d'être mêlée à un autre, en communion, à l'unisson. D'être raccordée, accrochée, emmêlée, frémissante, insouciante.

D'être en état de l'oublier un moment, le temps.

— Nous sommes le combien ?

— Le 16, pourquoi ?

— C'est bien ça. Avant que vous n'arriviez, j'ai relu les notes que je prends pendant les consultations.

— Et alors ?

— Vous venez me voir depuis un an, tout juste !

Je me frappe le front d'une paume ironique.

— Vous me pardonnerez, j'ai totalement oublié le cadeau d'anniversaire !

Le docteur Sarah K. esquisse un sourire qui lui dévore progressivement les joues.

— Votre ironie m'amuse. Mais savez-vous qu'elle est souvent un obstacle infranchissable ?

— Que voulez-vous dire ?

— Vous maniez l'ironie comme on se blinde. Or, c'est fatigant, à la longue, pour celui d'en face, de tomber sur un mur qui renvoie toutes les balles. Il finit par jeter l'éponge. Si vous lui laissiez quelques coups gagnants, juste un point de temps en temps, il resterait dans la partie. Un match très disputé finit même par créer des liens. Une partie à sens unique ne fait qu'humilier.

— Je ne savais pas que vous étiez une passionnée de tennis.

— Sans doute pas. Mais je suis une passionnée de la vie.

— D'accord. Prenons cet exemple précis : vous m'annoncez que nous soufflons notre première bougie. Je n'y avais pas pensé, la nouvelle m'agresse, je ne m'y attendais pas. En une fraction de seconde, je réalise qu'une année a passé sans, pardon, que j'aie le sentiment d'avoir progressé, et...

Elle se dépêche de m'interrompre :

— N'oubliez pas que les plus belles routes sont invisibles !

— Admettons. N'empêche que cet anniversaire me dérange. Alors je réagis en me défendant. Qu'aurais-je été censée faire ? Me jeter dans vos bras en hurlant de rire ou de désespoir ?

— Ne caricaturez pas. J'essaie seulement de vous inciter à exprimer simplement ce que vous ressentez, sans en faire une affaire ou un bon mot. J'aimerais que vous parveniez à livrer un peu de votre vérité.

Vous n'êtes pas ici en terrain ennemi. Vous êtes là pour parler, pour sortir les choses. Je n'ose pas vous demander de vous ouvrir sans quoi vous allez me renvoyer dans mes vingt-deux mètres !

– Ah, parce que vous jouez au rugby, aussi ?

Je m'arrête sur ma lancée, surprise en flagrant délit.

– Pardon, c'est plus fort que moi. Des années de réflexe... Vous avez raison. Je me protège par mes mots qui tuent. Je renvoie les patates chaudes, ou les botte en touche... (sourire réciproque). Je fais mon intéressante pour qu'on se désintéresse de moi. Plus je me lézarde, plus je me blinde. C'est ma forteresse du désespoir.

– Où est le danger ?

(Et voilà, nous sommes arrivées au trognon de l'histoire.)

– Avouer, c'est se placer en position d'infériorité.

– D'où tenez-vous ça ?

– Iriez-vous jusqu'à prétendre que ce n'est pas vrai ?

La sonnerie de téléphone la sauve. Elle s'excuse, décroche, et se trouve catapultée dans une autre urgence. Son cahier de rendez-vous noirci, elle revient à moi.

– Où en étions-nous ?

175

— Nous en étions au cœur même du problème. Admettons que je m'ouvre, que je laisse tomber l'armure, admettons que je m'enflamme pour de vrai pour un être de chair et de sang. Lui avouer mes sentiments, c'est lui offrir l'avantage. Prétendriez-vous le contraire ?

— Eh bien oui, figurez-vous ! Vous semblez oublier que l'autre n'est pas plus avancé que vous. Et puis vous n'êtes pas obligée de tout livrer en vrac sur la table de votre première rencontre. Je ne vous demande pas de vous déshabiller immédiatement, je vous suggère d'enfiler... bien justement, d'enfiler un déshabillé. Vous ne montrez pas, vous suggérez des peut-être en conservant quelques zones d'ombre. Elles vous serviront éventuellement à vous mettre à l'abri en cas de repli. C'est cette ombre-là qui attirera l'autre vers vos lumières. Et s'il utilise votre vulné-rabilité pour en abuser, c'est que vous n'avez rien à faire avec lui.

— C'est exactement ce que je me suis dit ! Une fois, deux fois, dix fois, à chaque fois, je me suis dit, tant pis pour lui. A force, vous avez devant vous une fille seule. Renfermée, impossible à défoncer.

(Qu'est-ce qu'elle va bien pouvoir répondre à ça ?)

— Et un jour, on finit pourtant par s'accorder à un autre.

176

Argument banalement recevable. Je considère mon destin à travers la fenêtre, dans cette petite cour baignée de lumière, et je lance ma demande de sentence.

– Vous pensez que je vais y arriver ?

J'ai tourné la tête vers sa réponse. Elle a hoché la tête sans hésiter une micro-seconde.

Je suis repartie calfeutrée dans cette évidence.

Piquée de certitude, j'euphorise. La rue accueille mon pas rappeur, l'allégresse donne des ailes à mon cœur. Je serre les poings pour mieux emprisonner ce carburant précieux. Mes lèvres sourient d'elles-mêmes. J'ai envie de ciel.

Ma silhouette me plaît dans le reflet des vitrines. Si je le pouvais, je testerais mes nouvelles aptitudes, là, sur-le-champ, sur le pavé, livrez-moi un inconnu, vite, que j'expérimente ! J'ai besoin de travaux pratiques.

Je scrute les visages, recherche les lueurs au fond des prunelles de passage. Combien sommes-nous sur terre ? Des milliards. Même en ne conservant que les hommes en pleine maturité sexuelle, même en laissant de côté les demeurés, les pervers, les bavures de la nature, les hommes de ma famille, même, tiens, même si j'écarte les prénoms composés, même si je prohibe ceux qui portent chevalières et gourmettes, même si j'exclus les épaules noyées sous les pellicules ou les doigts fourrés dans les nez, il en reste un paquet, de potentiels !

Allez-y ! Je suis prête. Lâchez les fauves ! Eh ! Ouh ouh ! Je suis là ! Consentante, pas encombrante, ça vous dirait, une fille qui n'a jamais servi ?

J'ouvrirai les cuisses en grand, vous verrez, ça glissera tout seul ! Je veux m'envoyer en l'air et sourire pour rien, jouer mes nuits sur des coups de dés, je veux vivre.

Ouvre-toi, ma fille, sors tes antennes, sens, ressens, aiguise tes sens comme les couteliers leurs couteaux devant la meule, à la campagne !

Ma poche droite a sonné. J'ai mis du temps à percuter, mais je suis formelle, ma poche droite sonne.

– Oui ?

– Clara ?

– Aux dernières nouvelles, je crois bien, oui !

(J'ai l'humeur blagueuse.)

– C'est Maud. T'es où ?

– Je suis où je suis. Ce n'est pas parce que j'ai un portable que tu dois tout savoir.

(Je tiens la grande forme.)

178

— Clara, déconne pas ! Il faut que je te voie, tout de suite !

— Qu'est-ce qu'il t'arrive, t'es amoureuse ? (Maligne, avec ça.)

— Clara, je crois bien que je l'ai trouvé.

— Quoi donc, ton trousseau de clés, ton ton de rouge à ongles, ton petit bijou grand comme un fourre-tout ?

— Je crois bien que j'ai trouvé mon amour.

Au ton de sa voix, j'ai senti que c'était du sérieux.

Je n'ai pas envie d'entendre ça. Je m'en veux de me l'avouer, mais si je suis honnête plutôt que morale, si j'écoute simplement l'expression de mon ressenti, j'y suis : je n'ai pas envie d'entendre le récit de sa félicité.

Les yeux me brûlent, je me lève sans cesse et sans raison. Je file dans des recoins colmater cette eau salée qui menace. Remarque-t-elle le brillant de mes yeux ? Oui, évidemment oui, Maud me connaît par cœur. Non, visiblement non, son cœur est ailleurs.

Une partie de moi assure et questionne, s'inté-resse, exprime sa joie partagée. L'intérieur est en plein naufrage. Il faudra que je m'interroge sur les raisons de ce désespoir dérangeant. Plus tard. Quand l'événement aura mûri et produit son sirop d'essentiel. Là, tout de suite, même le graves me paraît fade, doit être bouchonné, celui-là.

Machinalement, je me reprends, réinvestis dans la pose de l'enthousiasme. C'est pas possible ! Elle doit le sentir, voir ce poignard planté dans mon cœur ! Mais non, elle barbote dans sa douce euphorie. Pour un peu, je m'excuserais de ne pas être frappée de la même grâce.

Je n'en reviens pas. Maud, ma presque jumelle, ma grande sœur pour les conseils, ma petite sœur pour la tendresse, ma Maud à mes côtés depuis tant et tant d'années, celle qui sait, soulage ma peine, accompagne mes efforts, Maud tellement aveugle à présent. Même en braille, aujourd'hui, elle ne me lirait pas.

Je prétexte la fatigue et raccompagne à la porte, dans un dernier effort, l'amoureuse étrangère.

Il s'appelle David. Un David évident pour Maud, la réciproque n'est qu'une formalité. A se demander pourquoi on conspire encore, pourquoi on soupèse ses chances quand l'amour, le vrai, va de soi. L'autre, le prédestiné, déboule un jour dans le décor et le lit est fait pour lui.

Les amoureux balbutient leurs banalités. Maud n'a pas dérogé. *J'ai l'impression de le connaître depuis toujours.* Je répète sa phrase à voix haute en forçant sur le ridicule. Maud, la blasée, a viré cœur d'artichaut. *David, il me semble le connaître depuis toujours.* Comme si c'était une preuve !

Je repense à toutes ces évidences que j'ai cru rencontrer. Finalement, il ne m'aura manqué que l'effet boomerang. Maud m'a aussi sorti le symptôme du coup de foudre. Objectivement, les témoignages se recoupent, le coup de foudre existe. Donc, j'y crois. Exclusivement pour les autres.

Pour prétendre être frappé par la foudre, sans doute faut-il courir bien en vue dans la plaine, ne pas se planquer à l'ombre des noyers. La légende raconte qu'il est très dangereux de faire la sieste à l'ombre d'un noyer. L'ombre y est trop profonde pour ne pas rendre dangereux le retour à la lumière.

Le miroir a disparu sous la buée. Mon corps ramollit doucement dans l'eau du bain. La radio crache des refrains idiots, j'adore. « *Je ne t'ai pas dit à temps que je t'aimais, yeh, yeh, yeh...* » Progressivement, je rajoute de l'eau brûlante, j'adore. « *Entretemps, t'es partie, t'as flingué ma vie, oui, oui, oui...* » Pourvu que le chauffe-eau tienne le coup, ouh, ouh, ouh...

D'un gant de crin énergique, je frotte ma peine. Les miasmes du chagrin partiront avec l'eau du bain.

Bien sûr, Maud, que je suis contente pour toi ! Ça ne se discute même pas. Ravie, même, que je suis ! Alors quoi ?

Je palpe mon malaise, le soupèse comme un melon, au moment de l'acheter.

Pourquoi l'annonce de Maud me met-elle dans un tel état ? Et pourquoi tu chantes faux, toi le chanteur idiot ? Pourquoi l'eau du bain n'est-elle jamais assez chaude ? Et pourquoi l'amour frappe-t-il les autres et jamais moi ?

Nous y sommes. Le chanteur est amoureux, pas moi. Maud est amoureuse, pas moi. Le chauffe-eau, si ça se trouve, est amoureux. Pas moi.

Nous y sommes.

Maud a réappris avant que j'aie fini d'apprendre. Elle me laisse seule dans le camp des incasables. Je serai la dernière, la seule seule. Un phénomène de foire, coincé entre le contorsionniste et la femme à barbe. On viendra du monde entier et l'on paiera pour voir la « sans attaches ».

Chiffe molle, lustrée jusqu'à la moelle, je sors de ma réflexion liquide et me sèche d'une serviette à la température idéale.

Un bruit me fait sursauter. La bouille d'un petit

chat me regarde à travers la fenêtre. Je considère la petite chose, le visage de Maud amoureuse vient se plaquer dans le reflet de la vitre. Maud est revenue de loin, Maud vient de ressusciter. Peut-être qu'un jour, les choses arrivent.

Alors, j'ai hydraté ma peau avec une émulsion pour le corps.

Une silhouette, au loin. Un tout petit point. La tache s'incruste dans le paysage. Je ne la quitte pas des yeux à mesure qu'elle grossit. Rue dégagée, rien d'autre en vue que ce point dévoreur d'espace, désormais.

Sa démarche est un combat, son parcours un défi. Un fil invisible tire les seins vers le haut, le menton suit le mouvement. Les hanches chaloupent, toujours le talon aiguille hésitant finit par se rétablir dans un aléatoire équilibre.

Quand le visage occupe le premier plan, je m'y arrête machinalement, honore d'un regard distrait ce croisement de deux destinées, puis poursuis mon chemin, l'esprit déjà rendu au coin de la rue.

(Je rêve, là ! je connais cette voix qui vient de prononcer mon prénom.)

– Clara !

Je me retourne sur l'incroyable confirmation.

– Clara, tu me remets ? Sabine, l'amie de Gertrude ! Tu es allée voir sa crevette ?

(Elle pourrait au moins attendre que je la *remette*.)

– Tu veux parler de Jules ?

– Oh, il est tellement chou !

(J'avais oublié combien elle était vulgaire.)

Elle tente de relancer une conversation hésitante.

– Comment va la vie ?

(C'est ça, compte sur moi pour tout te déballer sur le pavé.)

– Ça va. Tu m'excuses, j'ai rendez-vous et je suis déjà en retard...

– Pas de prob'. Tiens, au fait, Clara, puisque je te rencontre...

(Quoi, encore ?)

– Quoi ?

– Tu ne viendrais pas à la Loco, ce soir, j'ai deux invit' pour une soirée énorme !

(Qu'est-ce qu'il m'a pris, de dire oui, parfois, je ne me comprends vraiment pas.)

Qu'est-ce qu'il m'a pris ? Elle est l'intrinsèque de tout ce que je déteste, de tout ce que je ne suis pas assez.

185

Sabine, sa pudeur, elle la porte en string. Elle est stupide, insipide, on sent bien qu'elle ne vaut pas cher à ses propres yeux. Elle n'est pas méchante, note, et surtout pas rancunière. Après tout ce que j'ai balancé dans ses gencives trop souvent découvertes, elle m'invite à une soirée.

Qu'est-ce qu'il m'a pris de dire oui à cette traînée ?

Quand on la regarde, on voit ses envies par transparence. Une petite sieste à la sauvette avant la grande soirée. Drôle de rêve.

« Les dames ont sorti leurs fourrures, les hommes plastronnent en cuir, c'est l'assistance des grands événements à Vegas. Deux combattantes parcourent les travées de la salle au son d'une musique bulldozer. Elles se courbent sous les élastiques et pénètrent sur le ring, portées par une ambiance électrique. Le speaker dégueule les présentations :

– A ma droite, celle que vous connaissez tous. Elle excelle dans l'art de la dissimulation, personne ne louvoie mieux qu'elle, elle tire sa force de l'esquive. Mesdames, messieurs, je vous demande d'applaudir comme elle le mérite la championne du monde du faux-semblant !

186

Ovation. (C'est Sabine !) Sabine salue, moulée dans un short noir et un haut fluo, elle salue de ses gants de boxe.

– A ma gauche, pour ce combat exceptionnel, celle dont vous avez entendu parler avec déférence dans le monde entier, celle qui ne calcule jamais, dit ce qu'elle ressent et ressent ce qu'elle dit, mesdames, messieurs, merci de réserver une ovation à la tenante du titre de la vérité !

Ovation. (Qu'est-ce que je fous là ?) »

Je viens de prendre une droite sauvage quand je me réveille.

Qui a gagné ? La championne du monde du faux-semblant est insaisissable, mais attention à l'uppercut de la vérité, toujours il surprend.

Qui a gagné ?

Je ferais bien de me lever. Elle va finir par arriver. Et je vais l'accompagner à sa soirée.

Je rêve. Mademoiselle Oui a invité mademoiselle Non à sortir en boîte, et mademoiselle Non a dit oui.

C'est ce que l'on appelle soudoyer la chance. J'ouvre la porte et ses seins me sautent au visage. Elle ferait mieux de sortir topless, ça lui ferait l'économie d'un haut. J'ai soudain l'impression d'être en col roulé.

— Tu as renversé ton flacon de parfum ?

Tandis que Sabine cherche vainement ce que je veux dire, je hisse mentalement le drapeau blanc et me fends même dans la foulée d'un compliment.

— Dis donc, très sympa, ton body !

(T'es gonflée, en ce moment, ou c'est normal ?)

— Merci. Je l'ai eu en solde au Monop.

(Tu devrais laisser le prix dessus.)

— Tu veux boire quelque chose ?

— Et comment ! On a intérêt à se bronzer la tête, c'est une soirée d'enfer !

Tous ces petits diables rouges qui dansent la bourrée au fond de ses prunelles...

La cerbère androgyne régnait sur le carré VIP. Cette petite chose non identifiée sexuellement faisait la pluie et le beau temps. La qualité de son accueil indiquait immédiatement la température sur l'échelle de la célébrité.

Les anonymes pouvaient se brosser devant son attitude d'inflexibilité totale, les moyennement célèbres étaient à la merci de son humeur (ils compensaient éventuellement leur lacune d'étoiles par une bonne tête ou un détail indicible), les sommités médiatiques du moment se voyaient ouvrir le passage en un clin d'œil (la petite chose venait de tourner une clé invisible).

Mais le savoir-faire de Nan (« Hi, Nan ! », avait lancé une mâchoire carrée aux dents éclatantes) s'exprimait pleinement avec les invités en devenir.

Là où ses homologues des autres antres nocturnes se contentaient d'aller dans le sens du vent soufflant dans les gazettes, Nan s'autorisait quelque audace en misant sur de jeunes pousses prometteuses.

Les impatients n'avaient pas encore tutoyé les étoiles, mais elle croyait en eux et les propulsait au-delà de leur rang véritable. Sans doute Nan avait-elle croisé un jour un puissant qui lui avait donné sa chance.

La sculpturale gardienne du temple ne buvait pas, ne fumait pas, ne souriait pas, ne supportait pas les remerciements, ne montrait rien. De son calme plat filtrait pourtant une autorité naturelle.

J'en étais à tenter de l'imaginer au quotidien (à quoi pouvait-elle bien ressembler à la lumière du jour ?), quand Sabine me rappela sa lourde présence en m'enfonçant son coude dans les côtes.

— Viens, on y va !

Je n'eus pas le temps de protester de l'inconscience

de sa démarche, déjà, elle gravissait les marches menant au nirvana. A la guerre comme à la guerre, je lui emboîtai l'arrière-train triomphant.

Contre toute attente, l'humiliation redoutée n'eut pas lieu. Soit Sabine avait le cul bordé de nouilles, ce qui aurait pour mérite de nourrir un régiment, soit elle me cachait des choses.

Déjà, on nous apportait une coupe de champagne.

Le carré des importants ne présentait d'autre particularité que de concentrer dans un lieu plutôt exigu, mais drapé de rouge, des gens présumés importants. Le seul privilège palpable était d'y être et, du coup, de se retrouver envié par les communs qui mythifiaient en bas des marches cet espace inaccessible.

Nous tuions le temps entre élus, avoir l'air de s'amuser aurait été perçu comme une grave faute de goût, tous et toutes en avaient tellement connu d'autres. Ils n'offraient pas leur transcendance comme ça.

L'attitude d'une blonde me bluffa un bon moment. Elle s'était déchaussée et chauffait de son pied nu, la jambe tendue sous la table, la bosse intime d'un bien plus vieux qu'elle. Il avait l'argent, elle possédait la jeunesse et lui accordait apparemment de petits égards supplémentaires. Je saluai son geste commercial.

Un peu plus loin, un animateur très en vue arborait une vulgaire très apprêtée, le petit matin la recrachait sans doute défigurée, c'est le risque à prendre quand on investit dans la peinture.

Je pariais sur un couple pour du beurre, sur une union pour la galerie. L'honnêteté m'oblige à préciser que je n'avais aucun mérite psychologique particulier : le Thibaut de Gertrude, toujours jubilatoire dans l'art de l'outing, avait un jour bavé en racontant une mémorable séquence d'exhibitionnisme nocturne. Il avait vu, de ses yeux vu, la gloire du petit écran mettre le feu à une scène gay en short de cuir et porte-jarretelles.

Ce soir, la madone des podiums s'achetait une conduite. Il y avait comme une incompatibilité entre sa candeur télévisée à l'heure du thé et les bracelets de cuir cloutés. Il s'affichait donc au bras d'une normalité rassurante, tout le monde y trouvait son compte. Une image rectifiée pour lui, pour elle, un tremplin social, une belle assise pour ses seins et son séant, le prix était juste de faire semblant.

La discrétion n'étant pas la vertu première de Sabine, elle s'exclama, un peu fort à mon goût :

— Regarde qui est là !

Un type à l'allure très ordinaire était affalé sur un sofa d'un air las, il ne donnait pas spécialement envie de virer VIP, faudrait penser à prévenir tous ceux qui se damneraient pour le devenir. Je n'avais pas la moindre idée de son identité, mais avec Sabine, pas même la peine de demander.

— C'est Nicolas Sarraute, le directeur des programmes de ma chaîne préférée !

— Ah oui ? Il a quelque chose à voir avec Nathalie ?

— Nathalie qui ?

— Laisse tomber !

Il devait être le jour d'après quand le DJ (reconnu dans le monde entier) emballa ses potards. Sabine avait déjà fait exploser son thermostat personnel, je connaissais ses aptitudes incandescentes, elle me prouva que même aux yeux, elle n'avait pas froid.

Le Sarraute de la télé vit malencontreusement une coupe échouer sur sa veste Smalto (il n'y a guère que les pauvres pour croire encore que le champagne ne tache pas), Sabine s'engouffra sans tarder dans ce moment de flottement, ni une, ni deux, elle arracha la serviette d'un serveur qui avait la bonne idée de passer par là, y renversa le goulot d'une bouteille de

Perrier et fila tamponner de bulles plus inoffensives le costume convoité.

C'est ainsi que le dieu auréolé se retrouva le nez collé sur les roberts de Sabine. C'était tellement énorme que je dus masquer un fou rire naissant dans la contemplation du tapis rococo.

Quand je remontai à la surface, une paire de lunettes de soleil me braquait.

– Vous voyez quelque chose derrière votre écran noir ? attaquai-je.

– J'ai mal aux yeux en ce moment.

– Une overdose de spotlights, sans doute.

– Ça ne risque pas, moi je suis plutôt derrière.

– Derrière quoi ?

– Derrière les caméras, dans l'ombre des vedettes. Mais à force de les voir scintiller, je souffre parfois d'éblouissements. Ça vous dirait d'aller retrouver la lumière naturelle ?

(Encore un qui ne doute de rien, surtout pas de sa séduction. On va sauter dans un taxi avant de se sauter dessus et qu'il me saute en sautant les étapes. Mais j'étouffe chez les très importants.)

– Pourquoi pas.

Nous avons marché. Longtemps. Sans but particulier. Souvent en silence.

Le petit jour nous a trouvés sur les marches du Sacré-Cœur. Mon cœur commençait à s'emballer sacrément. Les joueurs de djembé n'y étaient pour rien. Je sentais ma gorge s'épaissir et un tapis de trouille peser sur mon ventre.

Quand le soleil a percé, John a retiré ses lunettes noires. L'outremer de ses yeux m'a envoyée valdinguer dans les eaux de l'Indien.

Au secours ! Sauvez-moi, je ne sais toujours pas plonger !

– John, c'est ton nom pour la télé, je suis sûre qu'en vrai, tu t'appelles Jean !

(Attaquer, c'était comme attraper une bouée.)

– Non, non, je t'assure, je m'appelle John ! Ma mère est américaine, moi, j'ai la double nationalité.

— Tu es né où ?

(S'il répond New York, je lui roule une pelle !
I row him a pelle.)

— A New York. C'était pendant l'été indien,
l'année où John Fitzgerald Kennedy a été élu prési-
dent. Il a été assassiné le jour de mes trois ans. Je
m'en souviens, je revois le visage de ma mère en
pleurs...

(Eh bien moi, je suis née l'année de son assassinat,
nanana !)

— ... elle l'admirait tellement qu'elle m'avait
donné son prénom. Heureusement que je ne suis
pas né plus tard d'une mère fan de Reagan, tu te
rends compte, elle m'aurait appelé Ronald !

Nous rions de bon cœur. Ce n'était pas très
drôle, mais il faut croire que nous avions besoin de
rire.

Derrière la cascade, le silence.

John a posé ses yeux sur Paris. Sans me regarder,
il a continué sur la lancée de ses souvenirs.

— Mon père a quitté ma mère pendant sa grossesse. Il s'est entiché d'une starlette à Hollywood et
a tout plaqué pour elle. Quelques mois plus tard, je
naissais. C'était dans un hôpital sordide, entre l'ave-
nue A et B...

(Il est né à New York dans ma ville préférée, si c'est pas une preuve par A + B, ça...)

– ... je n'ai jamais connu mon père. Sur les photos, il a un faux air de JFK.

Une détonation a fait s'envoler une nuée de pigeons. D'ordinaire, j'ai horreur des pigeons, de leur roucoulement infect et de leurs fientes sur le rebord de mes fenêtres. Là, j'étais prête à en adopter un dans la seconde.

J'ai attrapé la main de John. Nous avons dévalé les marches, le corps très détendu, nous avons remonté les marches, les mollets brûlants, et nous avons recommencé.

Les boutiques de tissus du marché Saint-Pierre dormaient encore. J'ai guidé sa main vers le Moulin-Rouge et ai jeté un regard sur la plaque de la rue Blanche. Blanche. Comme moi. Immaculée, à en vomir.

Arrivés en bas de chez moi, je rêvais de salissures. John a lâché ma main et m'a claqué une bise sur la joue.

– A plus !

Je n'en revenais pas. Je l'ai regardé s'éloigner. J'ai esquissé un geste pour lui rendre ses lunettes de soleil, puis j'ai laissé tomber.

J'en aurai besoin pour dormir.

Dormir, c'est beaucoup dire. Une parenthèse de plomb ponctuée de chimères et de dragons. J'ai rêvé de pigeons qui portaient des lunettes noires, de Nicolas Sarraute en string, quand je ne prenais pas un bain de champagne.

Il ne faut pas croire que les rêves signifient forcément quelque chose, voilà ce que je me disais en me traînant dehors, constatant que je n'avais pas rêvé de lui.

Machinalement, mécaniquement, sur mon chemin errant, j'ai ouvert la boîte aux lettres.

Un croissant au beurre. Enveloppé dans ces incomparables petits papiers des boulangers. Un petit mot au beurre accompagnait la douceur. « J'ai passé une super soirée. M'en offriras-tu d'autres ? John (comme Kennedy). »

John.
John.
Jaune.
J'aime.
J'âme.
J'allume.

197

J'alarme.
J'hallucine.
Sabine.
S'est fait.
Sarraute.
Salope.
Interlope.
Interrupteur.
En ma faveur.
Faut que je me calme.

Je ne rêve pas, la preuve : je le pince pour y croire. Un corps musclé, qui me couvre, qui me couve.

Lui au-dessus de moi. Je ne rêve pas. Je le pince encore une fois. Ma marque, mon bleu. Le bleu de ses yeux m'éblouit.

Ce n'est pas moi. Laisse tomber, oublie. Détends-toi.

Il se cambre et soudain assène ses coups. Je sens que nous y sommes. Je ne sens rien. Ne ressens rien. Pas normal.

C'est pas possible, c'est pas ça ! Pas que ça ! Je n'y crois pas.

Est-ce fait ? Je ne sais pas.

Il rugit. Se laisse retomber sur le côté. Souffle. Sourit. S'endort.
Pas moi.

A nouveau nue, à nouveau allongée. C'est ma journée. Ma tournée pour tout le monde.

Munie d'une pipette, le docteur Sarah K., beau visage de femme âgée tombé sur mon chemin comme une plaque de cuivre, Sarah K. l'exigeante, Sarah ma sauveuse, prélève une parcelle de mon trésor.

Debout, rhabillée, mais tellement à poil, j'attends. J'attends debout et j'attends longtemps.

Je la regarde de profil, penchée sur son microscope. Je sais que ma vie est en jeu.

Elle fouille mes bas-fonds à la recherche d'une preuve matérielle. Je pourrais tomber d'un coup, comment suis-je encore debout ? Je pourrais tomber de fatigue, d'impatience.

(Mais qu'est-ce qu'elle fout ?)

Je suis là, debout, fraîchement labourée, qui me demande. Immobile, je repasse les espoirs déçus, les coups reçus, les mauvais chemins, les maldonnes.

Je pense qu'elle met beaucoup de temps à calculer mon temps perdu. Elle scrute et scrute encore, fait jouer de sa main la molette noire. Elle manipule son engin, explore le tréfonds de mon bout de bas-ventre. Elle s'introduit dans mon histoire. La longue-vue va-t-elle voir ?

Elle se relève d'un coup et puis elle parle. Elle dit qu'elle est plus sûre que sûre. Elle dit qu'elle les a vus, les a visualisés, les spermatozoïdes.

Elle dit que cette fois, c'est la bonne.

Je n'ai pas parlé.

Pas pleuré.

Je ne l'ai pas embrassée.

J'ai dû lui dire merci.

Je suis partie. J'ai marché, fallait que je marche. La pluie me giflait tandis que je martelais les pavés brillants. J'allongeais et je précipitais le pas. Jusqu'à en courir.

J'ai couru. Pas de joie, juste pour ressentir quelque chose. Un souffle court, un filet de sueur ou un coup de poignard dans les côtes. J'ai couru jusqu'à en crever.

En rentrant, je me suis longuement regardée dans la glace. C'était moi, je crois, rien n'avait bougé. Dans le miroir, j'étais la même. J'ai pensé qu'au moins, ça pourrait se voir.

La seconde d'après, j'explosais d'un rire énorme qui se muait en sanglot. Ou l'inverse, peut-être, je ne sais plus, j'étais chamboulée, faut me comprendre. Je sais que j'ai pleuré.

Mon premier chagrin d'amour.

Je n'ai jamais revu John. J'ai reçu une lettre. Il était marié, il s'excusait. Pas de quoi.

J'ai revu Sabine. C'était à la télé. Elle présentait la météo et il faisait très beau. Elle passe sur sa chaîne préférée, ai-je remarqué. Elle avait décroché la lune.

Je promets souvent d'aller voir Gertrude. Mais je n'y vais jamais. Je sais seulement que Jules va bien. Jules ne réclame pas encore son père.

Je ne vois pas assez Maud. Elle est partie vivre en province avec son mari. Je ne lui ai même pas dit. Ça ne s'est pas trouvé. Un jour, peut-être. Je n'y mettrais pas ma main à couper.

J'ai encore besoin de voir le docteur Sarah K. Je sens qu'elle vieillit et je n'aime pas ça.

Tout ce que je sais, c'est que je doute toujours. A chaque fois, un peu plus ou un peu moins, ça dépend d'un rien, je me demande si ça va passer encore.

Ça va, ça passe.

Il en faudra des corps étrangers, pour forger ma certitude.

Tout le monde fait l'amour.
Même moi.

Merci à...

Leïla pour tout ce qu'elle sait,
Marine, qui, elle, sait garder un secret,
Jo pour l'attention et les attentions,
Au petit chou pour sa patience,
A San pour les moments.
A Dany aussi, je n'oublie pas.

Merci aux 3M : Morcheeba, Murat, Massive Attack pour
la bande son.
Décors signés New York, Avignon, Marrakech, ainsi que
la ferme de M. et Mme Hazard et la chèvre Nénette.

Merci au graves et au chocolat.

P. C.